DIE MAGISCHEN HÄNDE DES ARZTES

ARZT LIEBESROMAN

ANGEL MENDEZ

INHALT

Klappentexte	1
Kapitel eins	3
Kapitel zwei	13
Kapitel drei	17
Kapitel vier	23
Kapitel fünf	33
Kapitel sechs	41
Kapitel sieben	49
Kapitel acht	53
Kapitel neun	59
Kapitel zehn	65
Epilog	69

Veröffentlicht in Deutschland:

Von: Michelle L.

© Copyright 2021

ISBN: 978-1-64808-900-8

ALLE RECHTE VORBEHALTEN. Kein Teil dieser Publikation darf ohne der ausdrücklichen schriftlichen, datierten und unterzeichneten Genehmigung des Autors in irgendeiner Form, elektronisch oder mechanisch, einschließlich Fotokopien, Aufzeichnungen oder durch Informationsspeicherungen oder Wiederherstellungssysteme reproduziert oder übertragen werden. storage or retrieval system without express written, dated and signed permission from the author

❀ Erstellt mit Vellum

KLAPPENTEXTE

Während seiner Schulzeit, als die anderen Jungen die Geheimnisse des anderen Geschlechts erforschten, war Dr. Mark Cartwright darauf konzentriert, sein Medizinstudium abzuschließen und seine erfolgreiche Kardiologie-Praxis aufzubauen. Jetzt hat der nahe dreißig Jahre alter höchst interessanter Single-Doktor, wenig Zeit und Interesse für Frauen. Das ändert sich, als er die erfolgreiche Strafverteidigerin, Sandra Marshall, Erbin der Milliarden-Firma des Stahl-Magnaten Richard Marshall, trifft. Sie versteht Mark, trotz seiner mangelnden sozialen Fähigkeiten. Doch wird das so bleiben oder wird sie irgendwann wegen seiner sozialen Ungeschicktheit und Workaholic-Tendenz aufgeben?

Sie gibt es zu. Sandra Marshall, erfolgreiche Strafverteidigerin, die Frau, die seit der Uni unermüdlich arbeitete, ist von dem brillanten jungen Herzchirurgen, Mark Cartwright, angezogen. Seitdem ihre letzte Beziehung in Flammen aufgegangen ist, hat sie sich sogar noch mehr in der Arbeit vergraben. Doch Mark Cartwright rettet nicht nur ihrem Vater das Leben, er öffnete ihre Augen wieder gegenüber der Welt. Doch können die beiden Workaholics einen Weg finden, die Liebe und die ständige Arbeit auszubalancieren?

KAPITEL EINS

Die warme Sonne hatte noch nicht zwischen den Ahornbäumen in der Borthwick Avenue hervorgeschaut, als der siebenundzwanzigjährige Dr. Mark Cartwright aus seinem Chevy Cavalier stieg und zu den riesigen Gebäuden von Coastal Herz-, Thorax- und Gefäßchirurgie ging.

Die meisten Leute sehen nie den besten Teil des Tages, dachte Mark, als er durch den knirschenden Schnee stapfte, der den Parkplatz bedeckte. Während er lief, schaute er zu dem Gebäude hinauf, einem Exzellenz-Zentrum von multi-disziplinären Chirurgen, das sich seit 1998 den höchsten Behandlungsstandards widmet, und dachte über seine Morgenvisite nach.

Mark zitterte in der kalten Dezemberluft von New Hampshire und schieb seine Hände noch tiefer in die Taschen seines schweren Mantels, während er über die kommenden Wochen nachdachte. Seine übliche Weihnachtsroutine beinhaltete Arbeit. Er arbeitete Doppelschichten, um seinen Kollegen mehr Zeit zu Hause mit den Kindern zu ermöglichen. Vor kurzem war bei seinem Vater, welcher immer groß, stürmisch, unbezwingbar war, fortgeschrittener Bauchspeicheldrüsenkrebs diagnostiziert worden. Als Hugh die Diagnose bekam, hatte der

Krebs bereits gestreut. Dadurch hatten sich Marks Weihnachtspläne abrupt geändert. Nun würden er und seine Schwester Cindy nach Florida fliegen, sie aus Michigan und er aus North Carolina, um das vielleicht letzte Weihnachtsfest mit der ganzen Familie zu feiern.

Der Schnee stach in Marks Gesicht, als er durch die Glas-Schiebetüren der Notaufnahme schritt. Er bedeckte sein lockiges blondes Haar und schmolz seinen Nacken herunter. Mark überzeugte sich selbst davon, dass der Schnee auch für den Tränenschleier, der kurz seine grünen Augen vernebelte, verantwortlich war.

„Hi, Fremder", rief Carrie LeBeau neckisch aus der Schwesternstation, wo Mark sie vor weniger als fünf Stunden gesehen hatte, als er wegen eines Herz-Notfalls gerufen worden war. Er war unsicher gewesen, ob er überhaupt nach Hause gehen sollte, doch dann scheuchte die großmütterliche Krankenschwester, die sich besonders um Mark kümmerte, ihn für zumindest ein paar Stunden der Erholung nach Hause.

„Hey, Care", rief er zurück und nickte den Patienten zu, als er an ihnen vorbeiging, und nahm ihre unterschiedlichen Stadien des Schocks war, der so üblich unter den Neuen ist. „Wurde die Kaffeemaschine endlich repariert?"

Als Antwort hob sie einen To-Go-Becher aus dem Imbiss um die Ecke. „Nein, aber ich habe was für dich. Du schuldest mir was, Junge."

„Ich schulde dir so viel, du wirst Millionärin sein, wenn ich dir alles zurückgezahlt habe", antwortete er mit einem müden Lächeln.

Mit einem Seufzer legte Mark seine Winterkleidungslagen ab und zog seinen grünen Kittel an. Glücklicherweise war das Krankenhaus relativ warm, da die Mehrheit der Patienten Herzpatienten waren, deren Körpertemperatur recht niedrig ist, anders als das Krankenhaus, wo er seine Assistenzzeit gemacht hatte. Das war ein ewiges Iglo gewesen.

Auf dem Weg durch die vertrauten Gänge machte er Halt bei Carrie auf ihrer Station. Sie schaute nicht von der Liste auf, die sie gerade durchging, doch sie zeigte mit dem Kinn auf den Kaffee, der auf ihn wartete.

„Ich liebe dich", seufzte er, bevor er einen langen Schluck nahm. Er trank seinen Kaffee nicht auf eine bestimmte Art, sodass sie ihn gerne damit neckte, indem sie immer etwas anderes bestellte. Diesmal war er schwarz mit einem winzigen bisschen Zucker, was ihm sehr zurecht war.

„Ich bin vergeben, Junge. Du musst dir ein Mädel in deinem Alter suchen", sagte sie trocken, während sie eine Notiz in die Liste krakelte, „Das OP-Team ist bereits da und bereitet die erste Operation des Tages vor."

Immer noch ohne aufzuschauen, hielt Carrie ihre Hand auf und Mark legte seinen Autoschlüssel hinein. Sein fotografisches Gedächtnis war anscheinend nur für nicht-alltägliche Dinge reserviert. Fragte man ihn, wo sein Autoschlüssel war, wäre er verloren gewesen.

Carrie hatte sich dieses Problems vor langer Zeit angenommen, da er die Zeit, die er damit verbrachte, verlegte Schlüssel oder Papierkram zu suchen, lieber dazu verwenden sollte, Leben zu retten. Oder sie tat es, weil sie dadurch keine Zeit damit verschwenden musste, Mark Taxis zu rufen.

„Hast du eigentlich das Mädchen zurückgerufen?" Diesmal hob Carrie den Kopf und schaute Mark mit ihrem warmen, grauen Blick an.

Er zuckte zusammen und sie seufzte. „Junge, du musst flachgelegt werden. Du hättest womöglich eine Chance bei ihr gehabt, aber jetzt wird Jessica dich bestimmt nicht mehr heranlassen."

„Ich habe es vergessen", murmelte er betreten, „ich wollte wirklich..."

„Nein, wolltest du nicht. Ich weiß selbst nicht, wieso ich mir die Mühe mache, Vorschläge zu machen", sagte Carrie trocken, „jetzt hau ab und rette ein Leben. Immerhin bist du darin ausgezeichnet."

„Tut mir leid", entschuldigte er sich, als er sich auf den Weg Richtung OP machte. Auch wenn es ihm eigentlich nicht leidtat. Nicht wirklich.

Soziale Beziehungen waren schon immer ein Mysterium für Mark gewesen. Seit seiner Kindheit. Mark war es immer schwergefallen, Freunde zu finden. Er verstand Andeutungen nicht und war immer brutal ehrlich, wodurch er andere unabsichtlich verschreckte. Seine Schwester versuchte, ihm zu helfen, doch er kriegte es damals nicht hin und heute auch noch nicht. Er mag zwar ein Star-Chirurg sein, medizinisches Wunderkind, das sein Medizinstudium abgeschlossen hatte, als andere in seinem Alter gerade mit der Schule fertig waren, aber Menschen...Menschen waren ein Mysterium. Vor allem Frauen.

Während er sich für die Operation abschrubbte, kam ein anderer Chirurg, Jim Owens, herein und stellte neben ihn ans Waschbecken. Owens war das Gegenteil von Mark, freundlich und beliebt bei beiden Geschlechtern.

„Erzähl mir, wen wir heute auf dem Tisch haben", bat Mark. Er wusste bereits jedes relevante chirurgische Detail, doch Owens wusste häufig andere Dinge, die dabei halfen, den Patienten als Person wahrzunehmen. Mark wusste, dass das wichtig war, auch wenn ihm nicht immer ganz klar war warum.

„Dir auch einen guten Morgen, Mark", erinnerte ihn Owens, geduldig wie immer, während sie beide sorgfältig schrubbten. „Richard Marshall ist heute dran. Du kennst seine Firma, oder?"

„Nein."

„Alter." Owens schüttelte den Kopf. „Er ist der Milliardär,

der diesem Krankenhaus Millionen spendet. Schon mal darüber nachgedacht, die Namen der Leute zu lernen, die deinen Gehaltsscheck unterschreiben?" Er hob eine Hand, bevor Mark verwirrt antworten konnte. „Nein, er unterschreibt nicht wirklich, aber er trägt eine Menge Geld dazu bei, damit es passiert. Er ist 62, zum dritten Mal verheiratet und liebt Luxus. Autos. Häuser. Gesundheitsdienstleistungen. Essen. Das Essen ist der Grund, wieso er heute hier ist."

Das verstand Mark. Mr. Marshall war stark übergewichtig und sein Herz in schlechter Verfassung, sodass er einen Bypass und eine neue Herzklappe benötigte. Normalerweise wären dafür zwei separate Operationen nötig. Doch Mark und sein Team hatten eine Methode perfektioniert, durch die sie beide Operationen gleichzeitig durchführen konnten, was unnötigen Stress für das schwache Herz des Patienten vermied.

„Der CEO seiner Firma, Willis Gerrard, schaut heute zu", fuhr Owens fort.

„Wieso?", fragte Mark überrascht, auch wenn es ihm recht gleich war, ob er zuschaute oder nicht. Er würde sowieso operieren wie immer.

„Weil Mr. Marshall wichtig für die Firma ist. Wenn er stirbt, wird das Leben für alle dort schwierig", erklärte Owens, „Frag nicht, wie. Es wird es einfach. Oh und er mag die Ramones, also werden sie laufen, während wir operieren. Ich weiß, dass du eigentlich keine Musik magst, aber er bat ausdrücklich um Hintergrundmusik."

„Aber er wird nichts hören", protestierte Mark, „OK, es gibt Hinweise auf Bewusstsein trotz der Anästhesie, aber –"

„Er bezahlt die Krankenhausrechnungen", wiederholte Owens, während er mit gehobenen Händen in den OP ging und darauf wartete, dass Mark ihm folgte, „also spielen wir, was immer er will."

„Verwirrt, aber nicht besorgt – er blendete fast alles aus,

wenn er arbeitete, also würde ihn die Musik nicht stören – folgte Mark Jim in den OP und wartete darauf, dass die Krankenschwester beiden mit ihren Handschuhen half. Die ungewohnte Musik spielte tatsächlich im Hintergrund und Mark ignorierte sie und konzentrierte sich stattdessen auf sein Team.

Die Haupt-OP-Schwester, Honey Braswell, überprüfte die Tabletts und gab den anderen Anweisungen. Leon Garrit, sein Anästhesist, überprüfte die Vital-Parameter des Patienten. Er zeigte mit dem Daumen hoch, um Mark zu zeigen, dass der Patient bereit war.

Mark schaute herüber zum Fenster. Wie Jim gesagt hatte, starrte Willis Gerrard mit zusammengezogenen Brauen und zusammengebissenen Zähnen herunter in den OP-Saal.

„Er sieht besorgt aus", sagte Nellie Gary, Marks Praktikantin, „weil sein Boss auf dem Tisch liegt."

„Das habe ich verstanden", antwortete Mark mit einem leisen Lachen. Sein Team neigte dazu, zu denken, er bräuchte einen Babysitter für selbst die offensichtlichsten der sozialen Anzeichen. Er erinnerte sie gerne daran, dass er weltvergessen und nicht blind war, doch sie sahen häufig den Unterschied nicht.

„Gerrard hat Angst, seinen Goldesel zu verlieren", fügte Nellie hinzu.

„Dann stellen wir lieber sicher, dass das nicht passiert", sagte Mark schlicht, „seine Familie würde das sicher auch freuen."

Nellie schaute ihn überrascht an und unterdrückte einen Seufzer. Er war wirklich nicht der gefühllose Roboter, der er laut seinem Ruf war, er war einfach nicht gut darin, Zuneigung auf die gleiche Weise zu zeigen wie andere Menschen es tun. Wenn er jemanden mochte, war er damit so offen, dass es manchen unangenehm war. Und wenn er jemanden nicht mochte, dann wich er ihm entweder aus oder war auch so offen, und keine der beiden Reaktionen kam sonderlich gut an.

„Alles klar, Team", sagte Owens, „Lasst uns Willis stolz machen", sagte er, als er die Gegensprechanlage zum Zuschauerbereich anschaltete.

Die Operation begann wie immer. Das Team arbeitete zusammen wie eine gut geübte Ballett-Truppe. Jeder hatte seinen Platz und seine Aufgaben. Jeder wusste instinktiv, was die anderen vor ihm tun würden und wie sie die Instrumente greifen und fortfahren würden, nachdem er seinen Job erledigt hatte.

Das Team unterhielt sich leger, mit der Vertrautheit die durch vieler gemeinsamer Operationen entsteht. Sie arbeiteten sich durch eine Reihe von Themen, währen die Operation voranschritt, bis nach einigen Stunden das Gespräch zurück zu Mr. Marshall und dessen enger Familie führte.

„Habt ihr seine Tochter gesehen?", fragte Phil. „Sie ist eine super heiße Strafverteidigerin", fügte er hinzu, „Sie könnte meinen Fall jederzeit haben. Was denkst du, Mark?"

Mark dachte an den Moment vor einigen Tagen, als er einen kurzen Blick auf Mr. Marshalls Tochter werfen könnte, direkt nachdem er mit seiner Frau gesprochen hatte. Sie war tatsächlich schön. So schön, dass selbst er es bemerkt hatte, was selten passierte. „Ich habe gehört, dass sie Langstreckenläuferin ist."

„Das ist, was dir an ihr aufgefallen ist?", fragte Phil ungläubig, „Das ist alles, was du bemerkt hast?"

„Was habe ich verpasst?", fragte Mark, nur um den Mann zu necken.

„Zum Beispiel, dass sie unglaublich heiß ist und dich will?"

„Ich bin mir sicher, das hast du dir eingebildet", sagte Mark und versteckte ein Grinsen. „Absaugen, bitte."

„Ja, genau", kommentierte Honey, während sie die Absaugpumpe herüberreichte, „als ob ich mir den Maserati eingebildet hätte, den sie vor meinem Haus geparkt hat. Ihre Schuhe kosten mehr als die Hypothek, die auch nur gerade so zusammenkratzen kann."

„Dein Loser-Ex zahlt immer noch kein Kindergeld?", fragte Nell, „Wieso bringst du ihn nicht vor Gericht?"

„Weil ich mir die Anwaltskosten nicht leisten kann", gab Honey zu, „Er weiß, dass ich in der Falle sitze. Lasst uns über etwas anderes sprechen. Sind wir bald soweit für die Ersatzherzklappe, Mark?"

„Ich schließe gerade den By-Pass", antwortete Mark, „Macht die Klappe bereit."

„Wohnst du immer noch in dem alten Gasthaus, Mark?", fragte Susan. „Meine Mutter will ihr Häuschen verkaufen. Bist du interessiert?"

„Danke, Susan", antwortete Mark, „Ich denke, ich werde mein Zimmer bei den Stratford Arms behalten."

„Ist es nicht ein bisschen merkwürdig, nicht deine eigene Wohnung zu haben?", fragte Phil.

„Überhaupt nicht", antwortete Mark, während er den letzten Stich in der Herzklappe verknotete, „Ich sehe nicht, wieso ich ein Haus brauchen würde. Ich bin eh nie da. So putzen die Angestellten mein Zimmer, wechseln die Bettwäsche, machen Frühstück. Ist doch eine sehr gute Lösung."

„Ich schätze, das liegt an einer Angestellten, die immer für dich da ist. Mrs. Loudon scheint sich zu freuen, dass du dort bist. Sie spricht über dich als wärst du königlicher Besuch", bemerkte Jim.

Mrs. Loudon war eine weitere Mutterfigur in Marks Leben. Auch wenn er die älteren Damen sehr wertschätzte, die genau dann in seinem Leben auftauchten, wenn er sie benötigte, hatte das Auftauchen von Mr. Marshalls Tochter einen Gedanken aufgewirbelt, den er normalerweise vermied – sein Singledasein. Eigentlich machte es ihm wirklich nichts aus. Normalerweise. Doch ein Blick auf das schöne Gesicht von Mr. Marshalls Tochter – wie hieß sie denn? – und plötzlich waren seine Nächte nicht so ruhig wie zuvor.

„Aber ist ein ewiges Hotelgast-Dasein wirklich ein Leben?", fragte Honey und unterbrach damit Marks Mini-Traum.

„Es entspricht meinen Bedürfnissen." Mark zuckte mit den Achseln, dankbar für die Unterbrechung. So schön wie Sandra war, er hatte keinen Platz in seinem Leben für etwas anderes als Arbeit. Da brauchte er sich nichts vorzumachen. „Du kannst jetzt schließen und wir bringen Mr. Marshall ins Aufwachzimmer."

„Gute Arbeit, Team", sagte Jim. „Wirst du mit Mrs. Marshall und ihrer Tochter sprechen, Mark?", fragte Jim, „Oder wirst du das Mr. Gerrard überlassen?"

„Nein, ich mach das schon", sagte Mark sofort. Ist seine Tochter hier? Natürlich ist seine Tochter hier. Du hast gerade ihren Vater operiert. Vielleicht ist es eine andere Tochter?

Doch als er die Naht Schloss und säuberte, wanderten seine sonst laserscharfen Gedanken immer wieder zu dieser schönen Frau, an deren Namen er sich so gerne erinnern wollte.

KAPITEL ZWEI

Da war sie. Mark ließ sich dabei Zeit, sich Mr. Marshalls Zimmer zu nähern, um sich Zeit zu geben, sein Selbstbewusstsein aufzubauen – er war nicht so gut im Umgang mit Patienten, die nicht auf dem Tisch lagen – und um die Schönheit der Frau zu bewundern, die im Türrahmen stand. Es waren zwei Frauen dort, doch nur eine von ihnen erregte seine Aufmerksamkeit.

Die ältere Frau war Mr. Marshalls dritte Ehefrau, Vivian, und manche Leute hätten sie vielleicht als schön bezeichnet, auch wenn ihre Kurven definitiv Silikon waren und an ihrem Gesicht etwa so viel gearbeitet worden war wie an Mr. Marshalls Brustkorb. Marks Auge einer Chirurgen erkannte genau, wo die Schnitte gemacht und welche Anpassungen vorgenommen worden waren. Die zweite Frau war Sandra – Mark hatte den Namen von Carrie erfahren – und sie war alles, was ihre Stiefmutter nicht war.

Obwohl auch Sandra hochwertig gekleidet war, schien ihre Kleidung ihr zu passen, ihr langer blauer Mantel schmiegte sich an ihre natürlichen Kurven, die Marks Aufmerksamkeit vor einigen Tagen erregt hatten. Er erinnerte sich an ihre Augen und fragte sich, ob sie zu dem Mantel passten.

Er näherte sich und hatte gerade genug Zeit, um zu bestätigen, dass Sandras blaue Augen, wenn auch von Sorge überschattet, perfekt zu ihrem Mantel passten, bevor beide Frauen auf ihn zukamen.

„Wie geht es ihm?", fragte Sandra sofort und Mark bemerkte Tränenspuren auf ihren Wangen. Das war keine Überraschung nach einer Hochrisiko-Operation. Was hingegen eine Überraschung war, war, dass er es bemerkte. Merkwürdigerweise wollte er ihr auch ein Taschentuch anbieten. Sie wirkte nervös und angespannt, in dem Türrahmen als wäre sie sich nicht sicher, ob sie fliehen oder bleiben sollte.

„Die Operation ist gut verlaufen", sagte Mark, „Es gab keine Komplikationen."

„Oh, vielen Dank, Dr. Cartwright." Vivian nahm seine Hand und drückte sie. Ihr Gesicht war so operiert, dass es ihm schwerfiel, Ehrlichkeit in ihm erkennen. „Wir sind so dankbar." Er war es, der dankbar war, als sie ihn losließ und unsichtbare Tränen dramatisch mit einem Spitzentaschentuch von ihren stark geschminkten Augen tupfte.

„Mr. Marshall ist jetzt im Aufwachraum", fuhr Mark fort. Als er von einer Frau zur anderen schaute, bemerkte er etwas, was ihm wie eine unterschwellige Spannung erschien. „Sie sollten ihn bald sehen können. Er wird noch einige Stunden lang schlafen, dann werden wir ihn auf die Intensivstation bringen. Wenn alles gut verläuft, kann er am Donnerstag entlassen werden."

„Vielen Dank.", Sandras Stimme zitterte leicht und dann, bevor er verstand, was geschah, fand sich Mark in der festen Umarmung der Frau, von der er noch vor kurzem geträumt hatte.

„Äh", stotterte er, überwältigt von ihrem warmen, weichen Körper, der gegen seinen gedrückt war, während er gleichzeitig betete, dass sie seine Erregung nicht spüren und sie vollkommen unprofessionell finden würde.

„Wirklich, danke schön!", wiederholte Sandra, als sie zurücktrat und Mark sich merkwürdig leer fühlend zurückließ. Sie nahm seine Hände und drückte sie warm, dabei lächelte sie zu ihm hoch. „Papa passt einfach nicht auf sich auf, aber vielleicht wird das hier ja ein Neuanfang –"

Wir haben den Doktor lang genug von seiner Runde abgehalten, Sandra", unterbrach sie Vivian. „Wir sollten gehen und nach deinem Vater schauen. Sorgst du dich denn gar nicht um ihn?"

Sandras wunderbare Augen leuchteten auf und bestätigten die Spannung, die Mark zuvor zwischen den beiden eleganten Frauen, die anhand ihres Alters Schwestern hätten sein können, bemerkt hatte. Wenn er noch nicht komplett sicher war, machten Sandras nächste Worte es absolut klar.

„Ich bin tatsächlich um ihn besorgt, ja, Vivian. Aber ruf gern Bank of America an und lass sie wissen, dass du weiterhin deine Überweisung am Sonntag bekommst."

Mit einem mörderischen Blick auf Sandra verließ Vivian den Raum.

Mark blinzelte und trat unsicher von einem Fuß auf den anderen, vollkommen verloren. Sandra, offensichtlich sozial gewandter, wendete sich Mark zu und schenkte ihm ein entschuldigendes Lächeln.

„Tut mir leid. Es macht mich verrückt, dass sie Papa offensichtlich wegen des Gelds geheiratet hat. Ich habe ihn dazu gebracht, einen Ehevertrag zu unterschreiben, was zumindest bedeutet, dass sie nichts bekommt, wenn er stirbt. Sie hat also ein großes Interesse an seiner Gesundheit. Seitdem mag sie mich nicht mehr sonderlich."

Dann lächelte die große Blondine Mark an und folgte Vivian den Gang herunter zum Aufwachzimmer. Und Marks Augen folgten Sandra, glitten ihren langen Beine herauf, während sie von ihm wegging, und sein Blick lief langsam etwas weiter nach oben.

„Du hast sie überhaupt nicht bemerkt, was?"

Mark zuckte erschrocken zusammen und drehte sich um und er sah Phil, der ihm einige Schritte entfernt mit einem fetten Grinsen auf dem bärtigen Gesicht zuschaute. „Ich –"

„Versuch es dieses Mal gar nicht erst, Cartwright", unterbrach ihn Phil, „Ich habe es gesehen. Sogar noch besser: Du hast es gesehen. Meine Damen und Herren, der Chirurge-Superstar hat mehr als nur Hirn!" Er hob die Faust in die Luft und ging weg. Mark blieb zurück, mit roten Wangen, idiotisch, mitten auf dem Gang, und dachte über Sandras Stimme, ihre Augen, ihre Lippen, Beine und gut geformte Rückseite nach.

KAPITEL DREI

„Es geht ihm besser." Sandra ließ Wasser in die Badewanne ein und griff nach dem Schaumbad, während sie mit ihrer besten Freundin, Rita, sprach. „Du kennst schon Papa. Er nervt das Krankenhauspersonal damit, dass sie ihn endlich entlassen sollen, und lässt sich von seinen Angestellten Berichte bringen. Vivian gibt sich die größte Mühe, ihn davon abzuhalten, sich zu überanstrengen."

Durch das Telefon hörte sie Rita lächeln, als sie sprach: „Der Ehevertrag war eine der besten Ideen, die du jemals hattest. Also. Erzähl mir alles über diesen Arzt."

„Was meinst du?", fragte Sandra und spielte dumm. Dr. Cartwright war ununterbrochen in ihrem Kopf seit ihren beiden Begegnungen. Der Mann war nicht so groß oder gut aufgesetzt wie die Männer, die sie normalerweise anzogen, doch es war irgendetwas an seinen lockigen Haaren, hellgrünen Augen und schüchternen Art, was sie nicht losließ. Das und seine Hände. Wow, der Mann hatte schöne Hände. Sie hatte sie heute wieder bemerkt, als sie sich bei ihm bedankte.

„Hallo?", sagte Rita in ihr Ohr, „Ist da jemand?"

Schnell verbannte sie die Fantasie aus ihrem Kopf davon,

den Chirurg wieder zu umarmen, diesmal mit weniger Kleidung und sagte: „Tut mir leid, ich lasse gerade Badewasser ein und habe fast das Telefon fallengelassen. Was hast du gesagt?"

„Ich sagte, erzähl mir von dem Arzt."

„Mit wem hast du gesprochen?", wich Sandra aus, „Vivian, oder? Glaubst du irgendetwas von dem, was diese Goldgräberin sagt?"

„Sie sagte nur, dass der Arzt deines Vaters jung und gutaussehend sei", antwortete Rita, „und ich hoffte, du würdest das ausnahmsweise bemerken."

„Naja, Vivian verpasst keinen gutaussehenden oder reichen Mann", knurrt Sandra. „Ich hingegen habe bemerkt, dass er kompetent und höflich war."

„Komm schon, Sandra", sagte Rita entrüstet, „du willst mir doch wohl nicht klarmachen, dass du nicht bemerkt hast, dass er attraktiv ist. Spiel jetzt keine Spielchen. Du bist nicht blind."

„Ich habe es bemerkt", gab Sandra widerwillig zu, während sie ihre Jeans auszog und beiseite warf, „aber ich habe das Aussehen des Doktors nicht priorisiert. Was wichtig ist, ist, dass er Papas Leben gerettet hat."

„Ja, klar. Fang endlich an zu reden oder ich lege auf."

Als Sandra ihre Bluse und BH auszog, ging ihr wieder Mark durch den Kopf, zusammen mit dem Gedanken an diese Hände, die das für sie erledigen könnten. „Er war heiß, OK? Richtig heiß. Und merkwürdig schüchtern für einen Star-Chirurgen. Es war...süß."

„Oh mein Gott, du magst ihn!", freute sich Rita, „Es gibt einen Gott! Du musst ihn anrufen!"

„Wieso?" Sandra zog sich zu Ende aus und streckte einen Zeh ins Wasser, sodass sich die Blasen um ihn sammelten.

„Warum nicht?", entgegnete Rita, „Du willst ihn wiedersehen. Stimmt's?"

„Ja", gab Sandra zu, „aber ich werde die Sache nicht weiterverfolgen. Das ist nicht meine Art. Diesen Markt beherrscht Vivian!"

Rita seufzte. „Vielleicht ist es an der Zeit, dass du einen Teil von dem was sie macht, auch tust."

„Wieso sollte ich?", fragte Sandra.

„Du strapazierst meine Nerven ganz schön", warnte Rita, „Ruf ihn einfach an. Sonst..." Sie legte auf und Sandra legte das Telefon beiseite. Sie nahm ihren Bademantel und ging in die Küche, um sich ein Glas Wein einzuschenken, durchdachte alles, während sie eine Flasche suchte, da ihre letzte vor ein paar Wochen verschwand, als sie einen extrem seltenen Mädelsabend hatte.

Es war fast ein Jahr her, dass sie und Adam ihre Geschichte beendet hatten. Obwohl Rita es mit dem Drama übertrieben hatte, wäre es vielleicht nicht schlecht, wieder in die Dating-Arena zurückzukehren.

Soll ich ihn anrufen? Wird er denken, dass das total daneben ist, weil Papa sein Patient ist?

Sandra seufzte. Wieso mussten Beziehungen nur so kompliziert sein? Verglichen mit Dating war Jura ein Kinderspiel. Da konnte man sich immerhin immer auf Bücher beziehen oder Präzedenzfälle anschauen. Bei Beziehungen nicht.

Bevor sie getrennte Wege gingen, hatte Adam Sandra informiert, dass sie im Gerichtssaal immer besser gewesen war als im Schlafzimmer. So sehr das auch wehgetan hatte, stimmte es wahrscheinlich.

„Naja", sagte sie laut und kam abrupt zu einer Entscheidung, als Marks gutaussehendes Gesicht ihr wieder in den Kopf kam. So funktionierte Sandra. Sie über-analysierte die Dinge zu sehr und warf sich dann Hals über Kopf in eine Sache. „Wer A sagt, muss auch B sagen. Was ist das Schlimmste, was er sagen könnte?"

Sie nahm das Telefon, wählte Marks Nummer und wurde

rot bei dem Gedanken daran, dass sie die sozialen Netzwerke nach ihm durchsucht hatte und dabei herausgefunden hatte, dass er sie nicht nutzte. Doch ihre Anwalts und Ermittlungsfähigkeiten waren herausragend, sodass sie letztendlich seine Nummer gefunden hatte – nur für Notfälle, hatte sie sich zu dem Zeitpunkt vorgenommen.

Rita sagt, ein Jahr des Zölibats zählt in diesem Fall, grübelte Sandra.

„Guten Abend, Stratford Inn. Mit wem kann ich Sie verbinden?", sagte eine angenehme Stimme.

„Äh", stotterte Sandra, leicht verwundert. „Ich glaube, ich habe mich verwählt. Ich wollte eigentlich mit Mark Cartwright sprechen."

„Einen Augenblick, bitte", kam die flötende Antwort.

Stratford Inn?

Das Telefon klingelte mehrmals, dann war die Frau wieder in der Linie. „Dr. Cartwright ist gerade nicht erreichbar. Bitte rufen Sie später zurück oder hinterlassen Sie eine Nachricht."

Wieso lebt er in einem Hotel?

„Ähm...also...Hier spricht Sandra Marshall und ich wollte über..." Oh Scheiße. Ich kann dieser Dame nicht erzählen, was ich vorhabe. „...über meinen Vater sprechen. Er kann mich unter jeder der Nummern auf meiner Visitenkarte erreichen......Danke."

Sandra legte auf und stöhnte. „Oh Gott! Ich habe mich angehört als wäre ich sechzehn. Er wird denken, dass ich so eine Idiotin bin. Ich kann es ihm nicht zum Vorwurf machen, wenn er mich nicht zurückruft!"

Sie nahm die Flasche mit ins Badezimmer und trank sie fast aus, bevor sie aus der Badewanne stieg. Als sie gerade das Wasser ablassen wollte, klingelte das Telefon.

Sie ging davon aus, dass es Rita war, also wickelte sie sich ein Handtuch um die Haare und stellte den Lautsprecher an. „Hey."

„Hallo, Dr. Mark Cartwright hier, ich rufe Sandra Marshall zurück."

Diesmal fiel Sandra tatsächlich fast das Telefon in die Badewanne. Sie fing es gerade noch auf, bevor es in den Schaum fallen konnte.

„Hallo Dr. Cartwright", sagte Sandra atemlos, „Danke, dass Sie so schnell zurückrufen. Ich hätte niemals von Ihnen erwartet, Ihre Freizeit zu unterbrechen –"

„Das ist keine Unterbrechung." Seine weiche Stimme strich über ihre feuchte Haut und Sandra zitterte, als sie sich wieder seine Hände vorstellte. „Ich habe heute nach Ihrem Vater gesehen. Er macht gute Fortschritte und sollte gegen Ende der Woche nach Hause können. Aber das haben die Schwestern Ihnen wahrscheinlich bereits gesagt, als Sie heute im Krankenhaus waren?"

Sie lief rot an und griff nach ihrem Bademantel, da es ihr etwas zu heiß war, mit ihrem Fantasie-Typen komplett nackt zu telefonieren. „Ja, das haben sie. Ich schätze, ich wollte es einfach nur von Ihnen persönlich hören. Besorgte Tochter, Sie wissen schon."

„Natürlich."

Es entstand eine lange, merkwürdige Stille, bevor er wieder sprach.

„Miss Marshall, es tut mir leid, aber meine chirurgischen Fähigkeiten sind weitaus besser als mein Small Talk. Haben Sie –"

Zum gleichen Zeitpunkt hatte auch Sandra zum Sprechen angesetzt: „Schauen Sie, es tut mir leid. Eigentlich habe ich Sie angerufen, weil –"

Sie hielten beide gleichzeitig inne und zu ihrer großen Erleichterung lachte er.

„Sie zuerst."

„Ich habe mich gefragt, ob Sie vielleicht mal einen Kaffee

mit mir trinken wollen. Ich meine, wenn das nicht vollkommen gegen Doktor-Patienten-Regeln verstößt. Oder so."

„Sie sind nicht meine Patientin", antwortete er und es schien ein Lächeln in seiner Stimme zu liegen. „Das würde mich sehr freuen. Ich warne Sie jedoch direkt vor, dass meine, äh, Dating-Fähigkeiten sehr beschränkt sind."

Date? Er hat es ein Date genannt!

Über beide Ohren grinsend brachte Sandra eine Antwort über die Lippen: „Meine sind ziemlich eingerostet, aber wir kriegen das schon hin. Wann passt es Ihnen?"

„Können wir es irgendwann ab dem zweiten Januar machen? Ich werde meine Eltern über Weihnachten besuchen und bin bis dahin ziemlich ausgebucht."

Sie schaute auf ihren Kalender. „Wie wäre es mit dem sechsten Januar? Vielleicht der achte? Ich arbeite meistens bis spät, tut mir leid."

„Ich auch. Das passt super. Es ist ein Date, Miss Marshall."

„Sandra. Bitte." Ihr Gesicht schmerzte von dem riesigen Lächeln, das es bedeckte. „Bis dann, Doktor."

„Mark."

„Mark."

„Schon mal frohe Weihnachten."

Sie unterhielten sich noch einen Moment lang etwas unsicher, bevor sie auflegten, dann ließ sie sich direkt wieder in die Badewanne gleiten. Ich habe ein Date!

KAPITEL VIER

Er war sich nicht sicher, wieso er es jemandem erzählen wollte, aber aus irgendeinem Grund wollte er. Kurz nachdem Mark von seinem bitter-süßen Weihnachtsbesuch zurückgekehrt war, ging er zur Schwesternstation und erzählte Carrie von Sandra. Keine Umschweife. In typischer Mark-Manier sagte er einfach:

„Ich, äh, habe ein Date."

Carrie schoss von ihrem Platz hinter dem Drucker, wo sie einige Seiten abgeholt hatte, herum. „Du hast ein was?!" Sie ließ die Blätter fallen und eilte um den Tresen herum auf ihn zu, um Mark fest zu umarmen.

Überfordert stand Mark still und klopfte Carrie auf den Rücken.

„Du hast ein Date!", rief sie und schien sich absolut nicht darum zu kümmern, dass der gesamte Flur nun unverhohlen starrte. „2018 wird ein großartiges Jahr werden!"

„Für dich? Weil ich ein Date habe?", fragte er unsicher und war dankbar, als sie ihn endlich losließ.

„Du hast keine Ahnung, wie lange ich hierfür gehofft und gebetet habe", informierte sie ihn und er war schockiert, als sie einen Tränenschleier in den sonst so harten, pragmatischen

Augen der älteren Dame entdeckte. „Du brauchst jemanden zum Lieben, Mark Cartwright. Dringend."

„Es ist nur ein Date", protestierte er, „Ich kann keine Liebe versprechen."

Carrie schüttelte den Kopf, graue Locken flogen durch die Luft und sie stemmte die Hände in die Hüften. „So lange wie es gedauert hat, um hierhin zu kommen? Es ist Liebe, Junge. Und wenn es noch keine ist, dann wird es welche werden. Hast du es schon deinen Eltern erzählt?"

Er verzog das Gesicht. „Carrie, es ist nur ein Date. Ich denke wohl kaum –"

„Erzähl es ihnen", sagte sie fest, „Gerade jetzt braucht deine Familie eine gute Neuigkeit, Mark."

Und mit diesen Worten kehrte sie zu ihren Ausdrucken zurück. Komischerweise konnte Mark sie immer noch lächeln sehen, obwohl ihr Kopf weggedreht war und er sich sicher war, dass nichts auf dem Papier war, das sie so fröhlich machen konnte.

Er schaute sich auf dem Flur um und entdeckte mehrere grinsende Patienten, die sich schnell wegdrehten, als er sie ertappte. Phil zwinkerte ihm aus dem Türrahmen zu und Owens machte eine Geste, die entweder ermutigend oder unverschämt war, Mark war sich nicht sicher.

Er zog seinen schweren Mantel und Schal enger, dann schritt er hinaus in den Schnee, nach seinem kurzen Aufenthalt in Florida spürte er die Kälte noch stärker. Er eilte zu seinem Auto, stellte die Heizung an und nahm sein Handy hervor.

Er starrte es einen Augenblick lang an, bevor er wählte. Nach ein paar Sekunden ging seine Mutter dran.

„Mark? Was ist passiert?"

„Passiert?"

„Wir haben dich gerade erst gesehen. Du rufst normalerweise ein paar Wochen lang nicht an, nachdem du bei uns warst."

„Ich –", er hielt inne, untypischerweise voller Schuldgefühle. Sein Vater lag im Sterben und hier lebte er, Mark, sein Leben vor sich hin. Sie hatte recht. Normalerweise hätte er wahrscheinlich nicht angerufen. Er dachte sonst nicht an solche Dinge.

„Sag nichts, Junge", unterbrach seine Mutter seine Gedanken, „so bist du einfach. Wir wissen, dass du uns liebst, auf deine eigene Mark-Art. Was ist passiert?", fragte sie wieder.

„Nichts", antwortete Mark und lehnte seinen Kopf an den Autositz, während er auf das vereiste Fenster starrte, „ich wollte euch nur etwas erzählen. Ich habe an Weihnachten darüber nachgedacht, aber nicht den richtigen Augenblick gefunden."

„Jetzt mache ich mir wirklich Sorgen. Mark, was ist los?"

„Ich habe ein Date. Morgen, mit –"

Seine Worte wurden von einem Jubelschrei seiner Mutter unterbrochen. Am anderen Ende der Leitung hörte man Lachen und anscheinend auch Weinen und Mark wurde noch verwirrter, als sein Vater ans Telefon kam.

„Ich bin stolz auf dich, Junge", krächzte Hugh Cartwright, der Schmerz offensichtlich in seiner Stimme. „Du bist ein guter Sohn. Du bist immer ein guter gewesen. Aber jetzt wird es Zeit, dass du über die Krankenhauswände hinausschaust. Das ist das beste Geschenk, was du mir machen konntest. Zu wissen, dass du dich endlich hinausgewagt hast."

Als er eine ganze Weile später auflegte, hatte der Entfroster seine Arbeit getan und Mark konnte die Winterlandschaft hinter dem Autofenster sehen. Er verstand nun auch endlich, dass es, obwohl er noch keine 30 war, der größte Wunsch seiner Eltern war, ihn mit einem „netten Mädchen" zu sehen. Carrie hatte recht gehabt.

Sandra erzählte Rita nichts von ihrem Date. Sie traute sich nicht, denn sie wusste, dass ihre beste Freundin direkt herüberkommen würde und sie herausputzen würde. Es war nur ein einfacher Pizza-Abend. Da war eine Hose doch wohl in Ordnung?

Und trotzdem konnte sie sich nicht davon abhalten, während sie vor dem Pizza-Lokal, in dem sie sich mit Mark treffen würde, auf und ab lief, ihr Spiegelbild im Fenster anzuschauen, unscharf im Licht einer Straßenlaterne, und sich dabei zu fragen, ob sie nicht doch eine Kette anlegen oder sich die Haare frisieren hätte sollen. Sie legte Wert auf ihre Erscheinung, doch nach einem langen Arbeitstag war sie nach Hause gekommen und hatte eine Stunde lang auf dem Sofa gelegen, anstatt sich –"

„Hi."

Sie schaute auf und sah Mark, der nur wenige Meter weit entfernt stand und sein süßes, entwaffnendes Lächeln im Gesicht hatte. „Hi!" Sandra musste grinsen. Er hatte anscheinend diesen Effekt auf sie.

„Du siehst wunderbar aus." Mark näherte sich und streckte die Hand aus.

Solch eine schöne Hand, dachte sie, als sie sie formell schüttelte.

„So...sagt man wahrscheinlich nicht hallo bei einem Date", sagte er nach einer befangenen Sekunde und ließ ihre Hand los mit etwas, wovon Sandra hoffte, dass es Widerwillen war.

„Ist schon OK", versicherte sie ihm und nickte in Richtung Restauranttür. „Wollen wir hineingehen? Es ist eisig hier draußen."

„Tut mir leid. Natürlich.", er drückte die Tür auf und hielt sie ihr offen. „Es ist nur ein kleines Lokal, in dem ich manchmal komme."

Sandra ging an ihm vorbei und genoss den kurzen Moment, als sie ihn streifte, bevor sie den kleinen Familienbetrieb betrat.

„Das ist aber nett", sagte sie, als sie sich umschaute und die Handvoll Sitzecken mit Kerzen auf dem Tisch sah. An den Wänden hingen Familienporträts und das kurze Menü war mit Kreide auf eine Tafel geschrieben.

„Ja?", Mark lächelte und ihr Herz flatterte. „Ich...freue mich, dass es dir gefällt. Ich war mir nicht sicher. Meine Freundin Carrie meinte, dass du etwas Schickeres mögen würdest wegen deines Vaters, aber das ergab für mich keinen Sinn. Ich meine, du bist du und er ist er."

Sandras Gesicht verzog sich zu einen großen Lächeln. „Ich mag, dass du das verstehst. Ich bin einfach wie du, Mark Cartwright, denke ich."

Dann kam der jugendliche Kellner in seinem schlecht sitzenden Anzug herüber, nahm ihnen die Mäntel ab und brachte sie zu ihrem Tisch.

„Ich mag die Pizza des Tages", sagte Mark zu ihr, als sie sich gesetzt hatten. „So weiß ich nie, was ich bekomme. Mein Alltag ist so organisiert, da freue ich mich über ein bisschen Abwechslung, wenn ich mal nicht arbeite. Erzähl das aber nicht meinen Kollegen, die bräuchten dann eine Herz-OP."

Sandra lachte und mochte ihn mit jeder Minute mehr. „Pizza des Tages klingt gut. Ich werde allerdings nicht trinken, wenn es dir nichts ausmacht. Die Straßen sind zu gefährlich, auch wenn es nur ein Glas ist."

Er nickte ernst und ein paar Minuten später war das Essen bestellt, zwei Kaffees auf dem Weg zu ihnen und sie schauten sich gegenseitig in schüchterner Stille an.

Dann sprach Mark. „Ich bin der Schlechteste auf der Welt, wenn es um Small Talk geht", gab er zu, „aber ich wüsste gern, wie dein Tag war. Ehrlich."

Aus einem Impuls heraus griff Sandra über den Tisch und

legte ihre Hand auf seine. „Mein Tag war schrecklich. Aber er wurde besser, als du mit dem Auto ankamst."

Er lächelte und schaute einen langen Moment lang auf ihre Hand, bevor er langsam, vorsichtig seine Finger um sie schloss. „Was war so schrecklich?"

Sie liebte es, seine Hände auf den ihren zu spüren, das stellte Sandra sofort fest. „Es war ein Papierkram-Tag. Ich hasse die. Ich wäre lieber den ganzen Tag vor Gericht als X, Y und Z zu dokumentieren. Aber das muss einfach getan werden und ich habe die schlechte Angewohnheit, es sich stapeln zu lassen."

Er lachte, ein leiser, rauer Klang, den sie an genau den richtigen Stellen spürte. „Ich weiche ihm nicht aus, aber meine Kollegen wünschen sich wahrscheinlich, dass ich es täte. Ich mache es jedes Mal falsch. Ich kann wohl echt nur eins: Operieren und sonst nichts."

„Meine beste Freundin sagt das ständig zu mir", sagte Sandra grinsend. „Mädel, suche dir ein paar Hobbies", imitierte sie Ritas Stimme, „such dir ein Leben!"

„Ist das zu schnell oder sollten wir versuchen, ein paar gemeinsame Hobbies zu finden?", fragte er zögernd.

„Viel zu schnell", antwortete Sandra und drückte seine Hand, „und somit perfektes Timing." Sie schaute dabei zu, wie er das analysierte, bevor er grinste.

Der Kellner wählte den Moment, um ihre Kaffeetassen abzustellen. Sie bestellten ihre Pizza und dann griff Sandra direkt nach dem Milchkännchen. „Wie trinkst du deinen Kaffee?"

„Ich weiß nicht.", gab er zu, „So wie ich ihn bekomme normalerweise. Ist es komisch, dass es mir einfach egal ist?"

„Total", neckte sie ihn und ließ widerwillig seine Hand los, um sich zurückzulehnen und die Hände um die warme Tasse zu legen. „Und wie war dein Tag?"

„Wenn ich damit anfange, werde ich den restlichen Abend darüber sprechen", sagte Mark sanft, „Ich bin etwas besessen, wenn es um meine Arbeit geht, sagen die Leute mir. Es war ein guter Tag. Die Operationen waren interessant und den Patienten geht es gut. Ich würde lieber von dir sprechen. Ist das in Ordnung?"

„Ich bin nicht so interessant", sagte Sandra und wurde rot, „Wie war dein Weihnachten? Du sagtest, dass du deine Familie besuchen wolltest?"

Marks Lächeln verblasste, er schaute auf seinen schwarzen Kaffee herab und rührte darin herum, obwohl er gar nichts hineingetan hatte. „Traurig. Meinem Vater geht es nicht gut. Das ist auch nicht das optimale Date-Thema, schätze ich. Ich bin wirklich schlecht hier drin."

„Hey." Sandra stieß seinen Fuß unter dem Tisch an, bis er sie anschaute, und als er es tat, brach die traurige Verwirrung in seinen grünen Augen ihr das Herz. „Du machst das gut. Es tut mir leid wegen deinem Vaters, Mark. Erzähl mir von ihm. Ich schätze, du hast mit niemandem darüber gesprochen."

„Er stirbt", sagt Mark leise, „und keine meiner chirurgischen Fähigkeiten kann ihn retten."

„Oh", flüsterte sie, „es tut mir so leid. Ich –" Da sie nicht wusste, was sie sagen sollte, schlang sie die Arme um den Chirurg und zog ihn an sich. „Ich weiß nicht, ob das in Ordnung ist, aber ich muss dich umarmen. Es tut mir so leid, Mark."

Nachdem er einen Moment lang stillgesessen hatte, legte er seine Arme um sie und zog sie zu sich. Sandra drückte sich an seine Brust und legte ihren Kopf auf seine Schulter. Trotz des Grunds für die Umarmung, hatte sich nichts je so richtig angefühlt.

Mark rutschte auf der Bank herüber und Sandra schob sich automatisch neben ihn. Sie blieb den restlichen Abend lang dort sitzen, während sie sich bei der besten Pizza, die sie je gegessen hatte, über Gott und die Welt unterhielten, bis der Abend vorbeigeflogen war und das Restaurant schloss.

Als sie zu ihren Autos gingen, griff Mark ungeschickt nach Sandras Schal und legte ihn enger um ihren Hals. „Ich hatte unglaublich viel Spaß heute Abend", sagte er zu ihr, während seine Finger an ihrer kalten Wange lagen. „Wenn ich meiner Schwester erzähle, wie gut es gelaufen ist, wird sie ein Buch darüber schreiben, wie ich es nicht versauen darf."

„Rita wird zur Hochzeitsplanerin werden", sagte Sandra zerknirscht, „direkt nachdem sie mich umgebracht hat, weil ich ihr nichts von dem Date erzählt habe."

Mark lachte. „Können wir das hier wiederholen?"

„Ja, bitte." Sandra lächelte. „Lieber früher als später. Das hier könnte zu einem neuen Hobby werden."

„Oder vielleicht das hier." Langsam, vorsichtig nahm er ihr Gesicht in seine Hände und strich ihre Lippen mit den seinen.

Es war der süßeste, unschuldigste Kuss und sie erstrahlte von innen. „Oder vielleicht das hier", stimmte Sandra zu, während sie in seine Augen schaute und den Schnee um sie herum vergaß. „Das hier könnte definitiv ein neues Hobby werden."

Zögerlich zog Mark sie näher zu sich und sie kam begierig auf ihn zu. Er neigte ihren Kopf und vertiefte den Kuss sanft. In dem Augenblick, als ihre Zungen sich berührten, verschwand die sanfte Wärme und plötzlich verschlangen sie einander, ihre Hände wandernd, Körper so intim an einander gepresst, dass es ein Wunder war, dass kein Dampf aufstieg. Der Schnee fiel und das Paar küsste und küsste und küsste sich, verloren in einander.

Irgendwann stolperte Sandra zurück und starrte ihn an. Sie fasste sich an die vom Küssen angeschwollenen Lippen. „Ich liebe dieses Hobby bereits jetzt."

Mark fuhr mit dem Daumen über ihre Unterlippe. „Ich brauche Übung. Ich will hier drin so gut werden wie im Operieren, Sandra. Der beste, den du je geküsst hast."

„Der bist du bereits", sagte Sandra atemlos, alles, was dieser Mann sagte und tat, berührte sie viel tiefer als es je jemand anders getan hatte. „Aber ich bin auch zur Übung bereit. Glaub mir."

Irgendwie schafften sie es, sich nicht wieder in einander zu verlieren und sie machte sich auf die Heimfahrt. Doch während sie fuhr, spürte sie Marks Arme immer noch um sich, die zarten Liebkosungen seiner Hände in ihrem Gesicht und sein Geflüster, als er sie ins Bett brachte. Sie vermutete, sie würde die ganze Nacht lang kein Auge zu bekommen.

KAPITEL FÜNF

Als Mark ins Hotel kam, rief Melody, das Mädchen von der Rezeption: „Dr. Cartwright, ich habe eine Nachricht für sie." Als Mark nach den fünf rosafarbenen Zetteln griff, musterte Melody ihn und fragte dann: „Wie war Ihr Date?"

„Wieso denkst du, dass es ein Date war?", fragte Mark.

Er blickte auf die rosafarbenen Zettel. Wahrscheinlich waren die Anrufe allesamt von Cindy.

„Nicht gerade schwierig herauszufinden. Zum ersten Mal in den drei Jahren, die sie hier wohnen, wurden Sie von einer Frau angerufen, die nicht mit Ihnen verwandt ist. Und Sie sind voller Lippenstift."

Mark berührte seine Lippen und bemerkte, dass es ihm absolut nicht peinlich war. „Du hast recht. Es war ein Date. Und es war unglaublich." Er lachte über ihren ungläubigen Gesichtsausdruck und machte sich auf den Weg nach oben.

„Also, wie war es?", fragte Cindy, sobald sie das Telefon abgenommen hatte.

„Es war super", sagte Mark schlicht und ging ins Badezimmer, bevor er überhaupt den Mantel ausgezogen hatte, und grinste über den Lippenstift.

„Oh mein Gott. Wirklich? Details. Ich will Details!"
„Ich habe sie zu Marufos gebracht."
„Was?", rief Cindy aus, „Mark, Marufos ist ein Loch!"
„Ich habe sie zu Marufos gebracht", wiederholte er, „Ich habe sie nicht abgeholt, weil ich nicht daran gedacht habe. Ich habe meine normalen Klamotten getragen." Er fuhr fort, obwohl Cindy vor Wut kochte. „Ich habe mich einfach wie mich selbst benommen, weil ich mich nicht verstellen kann. Und es war toll."

„Woher willst du das wissen? Mark, was du toll findest, finden die meisten anderen Leute oft nicht gerade toll!"

„Zum einen, weil ich im ganzen Gesicht voller Lippenstift bin. Und sie will mich wieder treffen. Sie sagte explizit, dass sie es zu ihrem Hobby machen will."

„Ihr habt euch geküsst?", kreischte Cindy, „Mama wird sterben!"

Stille entstand wegen ihrer Wortwahl.

„Wieso ist Mama so aufgeregt wegen dem hier?", fragte er zuletzt, während er seinen Schal abwickelte und sich daran erinnerte, wie Sandra ihn benutzt hatte, um sich näher an ihn zu ziehen.

„Weil sie sich wirklich Sorgen gemacht hat, dass du für immer allein sein würdest, Mark. Ich auch. Papa auch. Das hat nichts mit deinem Alter zu tun. Du bist nur so sehr im Krankenhaus beschäftigt, dass du kaum mal den Hals herausstreckst. Mama will mehr für dich als nur Arbeit. Das wollen wir alle."

„Es war nur ein Date", murmelte er, auch wenn er wusste, dass das nicht stimmte, „das bedeutet nicht, dass unbedingt etwas Langfristiges daraus werden muss." Bereits als er die Worte aussprach, wusste er, dass das eine Lüge war. Er wollte Sandra auf jede mögliche Art und Weise kennen lernen. Und er konnte sich schon jetzt eine Zukunft mit ihr vorstellen.

„Kannst du dir vorstellen, zu ihr nach Hause zu kommen?", fragte Cindy.

Mark schaute sich in dem spartanischen Zimmer um, zu dem sterilen Küchentisch, der nie benutzt wurde, dem selten genutzten Sofa, den Wänden, die weder Farbe noch Dekoration hatten. Er stellte sich Sandras blauen Mantel auf einer der Stuhllehnen vor, ihr Parfüm im leeren Badezimmerschrank, ihre Schuhe auf der anderen Seite des Zimmers, wo sie sie abgeworfen hatte, als er sie durch die Luft gewirbelt hatte, um sie zum Bett zu tragen. Er stellte sich sein Bett vor mit ihr darin, nackt mit offenen Armen, die nach ihm griffen.

„Ja, kann ich. Ich liebe den Klang ihres Lachens. Ich mag, wie aufmerksam sie dem zuhört, was ich zu sagen habe. Ich mag ihren Geruch. Ich mag die Geschichten, die sie erzählt, und ihre Träume. Ich mag, wie intelligent und ehrgeizig sie ist. Ich mag, wie sie sich in meinen Armen anfühlt. Und sie ist die schönste Frau, die ich je gesehen habe. Ja, ich kann mir vorstellen, zu ihr nach Hause zu kommen oder, dass sie zu mir nach Hause kommt."

„Danke, Herr im Himmel", flüsterte Cindy. „Hast du sie nach einem zweiten Date gefragt?"

„Wir haben keine offiziellen Pläne gemacht", antwortete er, „Aber ich dachte, wir machen eine Tour durch das Krankenhaus und essen dann in der Mensa."

„Mark Cartwright –"

„Du verstehst meine Witze nicht", unterbrach er sie trocken, „Sie schon. Sie versteht mich einfach. Gute Nacht, Schwesterchen." Er legte auf und stand dort, mitten in seinem leeren Hotelzimmer und dachte lange darüber nach. Sie versteht mich.

Dies zu wissen fühlte sich besser an als eine innovative Operation.

Am nächsten Morgen auf dem Weg zum Frühstück traf Mark die Hotelbesitzerin, Joanna Newman, eine weitere ältere Dame, die das Bedürfnis hatte, sich um ihn zu kümmern, da sie sich wegen seiner mangelnden sozialen Fähigkeiten sorgte.

„Also, Mark", sagte sie und schaute zu ihm auf und dann vorsichtig nach unten. Du siehst ziemlich schick aus fürs Krankenhaus. Wie war dein Date?"

„Es war gut, danke, Mrs. Newman", antwortete Mark und unterdrückte den Drang danach, die Augen zu verdrehen. „Woher wissen Sie, dass ich ein Date hatte?"

„Wir sind ein kleines Hotel, Mark. Hier passiert nicht viel, von dem ich nichts mitbekomme."

„Das merke ich", antwortete Mark.

„Also, wann triffst du sie wieder?", fragte Joanna.

„Wissen Sie das etwa noch nicht?", forderte Mark sie heraus.

„Du riechst nach einem teuren Duft und trägst Krankenhauskleidung, also schätze ich, heute Abend nach der Arbeit", sagte Joanna trocken.

Mark merkte, wie er rot wurde. Er hatte Sandra noch nicht offiziell gefragt, aber ja, er hoffte auf heute Abend. Er musste sie sehen. Mit ihr sprechen. Sie in seinen Armen halten. Die Vorstellung davon, sie in seinen Armen zu haben und dass sie dann friedlich neben ihm schlafen würde, hatte ihn die halbe Nacht lang wachgehalten.

Er zog den Kopf ein in der Hoffnung, Joanna Newmans Blick zu entgehen.

„Mark", sagte sie, „du bist seit einer langen Zeit hier. Lang genug, dass ich dich zur Familie zähle."

„Das tue ich auch, Mrs. Newman", antwortete Mark.

„Deshalb fühle ich mich dazu verpflichtet, dir einen Rat zu geben. Du denkst wahrscheinlich, ich bin eine aufdringliche alte Frau." Joanna hob eine Hand, um Mark davon abzuhalten, sie zu unterbrechen. „Mein Ehemann Randall und ich haben zusammengearbeitet, um dieses Hotel durch einige harte Jahre zu bringen, und wir haben uns ein gutes gemeinsames Leben aufgebaut. Mein Rat ist: Geh es langsam an. Man kann die Dinge nicht rückgängig machen. Sei dir sicher, bevor du dich auf etwas einlässt. Ich weiß, dass du diese Art von Dingen nicht auf die leichte Schulter nimmst. Gehe sicher, dass sie es auch nicht tut."

„Danke, Mrs. Newman. Ich werde es bedenken."

„Noch eine weitere Sache, Mark", fügte Mrs. Newman hinzu, „lass deine Schwester nicht in deinem Liebesleben herumpfuschen. Sie denkt, dass sie alles besser weiß und sie hat das Herz am rechten Fleck. Aber die Liebe ist etwas Persönliches. Sie kann nicht für dich aussuchen."

„Ich werde ihr ausrichten, dass Sie das gesagt haben", neckte Mark.

„Wenn du das versuchst, werde ich es verleugnen", antwortete Joanna. „Und lass mich übrigens auch nicht in deinem Liebesleben herumpfuschen. Sei einfach du selbst, Mark Cartwright. Darin bist du am besten, abgesehen vom Leben retten."

Er rief sie in seiner Mittagspause an, erzählte ihr von den neusten Entwicklungen ihres Vaters und bat sie, wieder mit ihm auszugehen. Sandra stimmte einem sofortigen zweiten Date gerne zu. Als er sie abholte – plötzlich schien es ihm sinnig, das zu tun, auch wenn beide ein Auto hatten – trug sie Jeans, eine Jacke und süße Stiefeletten. Die Beifahrertür seines alten Cavalier quietschte, als er sie öffnete.

„Ich dachte, es wird Zeit, dass du die andere Frau in meinem Leben kennen lernst", scherzte er, als sie sich auf den Beifahrersitz gleiten ließ.

„Ich dachte, deine OP-Schwester sei die andere Frau in deinem Leben", sagte Sandra leichtherzig, als er sich auf der anderen Seite setzte.

„Honey?", fragte Mark überrascht, „Wie kommst du denn darauf? Unsere Beziehung beschränkt sich nur auf die Arbeit", versicherte er ihr, während er den Motor anließ und auf die Straße fuhr.

„Ich bin mir nicht sicher, ob das ist, was sie gerne hätte", sagte Sandra. „Mit all den Sachen wegen meines Vaters hatte ich viel Kontakt mit Honey in den letzten drei Wochen. So wie sie über dich spricht, Mark, ist die Frau sicherlich in dich verliebt. Ist schon in Ordnung. Ich habe noch kein Recht darauf, eifersüchtig zu sein. Ich dachte nur, du solltest es wissen."

„Natürlich hast du ein Recht darauf, eifersüchtig zu sein." Er griff herüber und berührte leicht ihr Knie. „Ich würde es nicht mögen, wenn einer deiner Kollegen in dich verliebt wäre. Aber Honey hat eine unschöne Scheidung hinter sich und zwei Kinder. Sie hat Geldprobleme und ihr Ex ist keine Hilfe. Vielleicht bin ich eine Art Arbeits-Fantasie für sie. Aber sie versteht mich absolut nicht. Niemand bei der Arbeit versteht mich, auch wenn sie nett mit meiner komischen Art umgehen. Eigentlich versteht mich niemand wirklich, außer dir."

Er hielt an einer roten Ampel, lehnte sich herüber und küsste Sandra sanft. Sie schmeckte so gut wie am Vorabend und er musste sich zusammenreißen, um nicht rechts ran zu fahren und sie in seine Arme zu ziehen für etwas viel Intensiveres.

„Ich habe keine verliebten Kollegen, versprochen", sagte Sandra atemlos und er lächelte, erfreut über den Effekt, den sein Kuss auf sie hatte.

Die Fahrt zu La Trattoria, dem Restaurant, das Sandra ausgewählt hatte, war kurz. Sie wurden herzlich vom Besitzer begrüßt und zu einem Tisch für Zwei geführt.

„Ich könnte mich an diesem Geruch betrinken", gab Sandra zu und atmete tief ein.

„Das ist frischer Knoblauch und Mamas Spezialsauce", sagte

Mark lächelnd, „Nichts wird vorgekocht. Mama leitet die Küche mit eisernen Hand."

Ohne darum gebeten worden zu sein, stellte der Kellner ein Körbchen voller Knoblauchbrot ab. Darauf folgte ein kleiner Teller, auf den er Olivenöl träufelte, eine rote Flüssigkeit und einige Gewürze.

„Knoblauch?" Sandra zog eine Augenbraue hoch. „Vielleicht hätte ich lieber einen anderen Ort vorschlagen sollen."

„Wenn wir beide davon essen, stört uns der Geruch nicht mehr, denke ich?", sagte Mark hoffnungsvoll. „Aber ich will keine Ausrede, um dich nicht zu küssen."

„Keine Ausreden erlaubt", versprach sie, griff nach einem Stück Brot und stöhnte, als sie hineinbiss. „Okay, ja. Das ist es absolut wert. Oh Gott, das ist so lecker."

Er liebte es, wie begeistert sie selbst von den kleinsten Dingen sein konnte.

Sie aßen das warme, knusprige Brot, das sie großzügig in Olivenöl getunkt hatten, und unterhielten sich über das Kreuzverhör, das sie mit Rita und Cindy über sich ergehen lassen mussten.

„Rita hat mich ausgeschimpft, weil ich mich nicht gestylt habe", erzählte Sandra ihm trocken, „Wie habe ich es nur gewagt, bei Minusgraden kein Kleid anzuziehen."

„Ich mag, was du trägst.", versicherte er ihr, „und ich bemerke so gut wie nie Klamotten, also glaube mir, dass du jedes Mal wunderschön ausgesehen hast, wenn ich dich gesehen habe. Und ich kann mir nicht vorstellen, dass du es jemals nicht sein wirst."

„Du hast mich nicht direkt nach dem Aufwachen gesehen", reizte sie ihn und schon hatte er sie vor Augen mit wuscheligen Haaren, während sie auf dem Kissen neben ihm die Augen öffnete.

„Ich habe Ärger bekommen wegen des Restaurants, was ich

ausgesucht habe", erzählte er ihr anstatt damit herauszuplatzen, wie sehr er sie am nächsten Morgen sehen wollte.

„Marufos? Ich fand es toll", protestierte Sandra, „Gott bewahre, sollten sie sich jemals treffen!", fuhr sie fort, „Bis auf die Hochzeitsreise würden wir sie nicht mehr los."

„Als ob meine Schwester mich etwas so Wichtiges wie die Hochzeitsreise selbst planen ließe.", warf Mark ein.

„Sie würden wahrscheinlich beide darauf bestehen, mitzukommen", fügte Sandra hinzu.

„Und alle Aktivitäten planen", meinte Mark.

„Und wahrscheinlich unsere Leistung bewerten", kicherte Sandra.

Der Gedanke an Leistung brachte Mark zum Zittern. Er wollte Sandra auf alle möglichen Arten. Er lehnte sich über den Tisch und verwickelte sie in einen hungrigen, leidenschaftlichen Kuss und genoss ihr leises Stöhnen. Der Knoblauch machte absolut keinen Unterschied, stellte es sich heraus.

„Du bringst mich um den Verstand", flüsterte er, als er sich endlich zurückzog, „und ich bin kein verrückter Typ, Sandra. Ich habe seit Jahren kein freies Wochenende gehabt, aber das werde ich diese Woche tun, wenn du Zeit hast, um sie mit mir zu verbringen. Meine Familie hat eine kleine Hütte, die gar nicht so weit weg ist."

„Ja", sagte sie sofort und verflocht ihre Finger mit seinen. „Ich nehme mir auch nie die Wochenenden frei. Aber ja, auf jeden Fall, sehr gerne."

KAPITEL SECHS

Sie trafen sich jeden Abend der Woche, selbst an einem Abend, an dem Sandra ursprünglich dachte, sie müsste wegen einer späten Sitzung absagen. Doch Mark machte es nichts aus, in dem einzigen offenen Lokal, einem Imbiss, mit ihr zu essen, also trafen sie sich dort um 11. Sie unterhielten sich bis 3 Uhr morgens. Es bestand kein Zweifel für Sandra, dass sie sich gerade Hals über Kopf in diesen Mann verliebte, und aus irgendeinem Grund jagte es ihr keine Angst ein. Die Geschwindigkeit fühlte sich einfach richtig an, genau wie Mark.

Die beiden trafen sich früh am Samstagmorgen. Sandra öffnete Mark die Tür und hatte einem Rucksack, Kühltasche und einen kleinen Koffer dabei. Er verstaute sie im Kofferraum seines Cavalier und griff dann nach Sandra, die bereits dabei war, nach ihm zu greifen.

„Hi", wisperte er in ihre Lippen, „Ich bekomme oft Ärger, weil ich solche sozialen Sachen vergesse. Ich fange manchmal einfach an zu sprechen, ohne hallo zu sagen."

„Hi", flüsterte sie zurück und schaute ihm verträumt in die Augen, „Ich finde deine Art hallo zu sagen ganz gut. Aber wage es nicht, sie bei deinen Kollegen auszuprobieren."

„Ich liebe deine Eifersucht", murmelte er und strich ihr über die Wange, „aber sie ist absolut nicht nötig. Ich bin an niemandem sonst interessiert, Sandra. Nie gewesen. Das verstehst du doch, oder? Du bist meine Erste. In jeder Beziehung."

Sie blinzelte ihn vollkommen überrascht an. „Ich bin deine – oh wow."

Er errötete. „Ja. Willst du schreiend davonrennen, bevor wir in eine abgelegene Hütte fahren?"

„Nein", sagte sie fest, „nicht mal ein bisschen. Ich weiß nicht wie andere Frauen so blind sein konnten, aber ich liebe es, dass ich dich zuerst entdeckt habe. Ich glaube, ich will auch deine Letzte sein, Mark. Ist das zu schnell?" So war es bei ihnen. Alles ging so schnell, sie fragten sich das oft gegenseitig im Spaß. Doch diesmal meinte Sandra es todernst.

„Nein." Seine Stirn lag an der ihren. „Ich habe fast 30 Jahre gebraucht, um dich zu finden. Ich habe nicht vor, dich irgendwohin gehen zu lassen, glaub mir."

Sehr widerwillig ließ sie von ihm ab, damit er sie zu der Hütte fahren konnte.

Die Unterhaltung auf ihrer einstündigen Fahrt drehte sich hauptsächlich um seinen Traum davon, für Ärzte ohne Grenzen zu arbeiten, und ihrem Wunsch, bald weitaus mehr Pro-Bono-Fälle zu bearbeiten. Beide hatten den Gipfel ihrer Berufe erreicht und suchten nach neuen Herausforderungen.

Als sie die Hütte erreichten, kam die Sonne gerade über die weißen Berge.

„Oh! Es ist wundervoll!", flüsterte Sandra, während sie auf die schneebedeckten Pinien und weichen Hügel starrte. „Ich schätze, du kommst nicht häufig hier raus?"

„Seit ein paar Jahren nicht", gab er zu und lenkte das Auto auf eine Schotterpiste. „Cindy und ich verbrachten hier die Sommer mit unseren Großeltern. Wir kamen braungebrannt von all dem Schwimmen und Wandern und waren zwei Wochen danach noch zwei kleine Wilde, bevor wir uns wieder an die Zivilisation gewöhnten. Ich weiß nicht, wie unsere Lehrer es aushielten."

„Ich liebe die Vorstellung von Mark, dem kleinen Wilden.", sagte Sandra mit einem Lächeln, „Meine Familie war immer nur im Großstadtdschungel. Wir waren nicht viel draußen. Das ist also neu für mich. Sei nicht zu hart mit mir."

Er grinste. „Versprochen. Und ich verspreche, dass wir hier oft hinausfahren, wenn es dir gefällt."

Er parkte das Auto vor der kleinen Hütte direkt neben einem überfrorenen Bach. „Ich habe jemanden eingestellt, um zu putzen und alles für uns vorzubereiten", erzählte er ihr, als sie ihre Taschen nahmen, „Er hat versprochen, auch Feuerholz für uns bereitzulegen."

Einen Augenblick später waren sie drinnen und tatsächlich hatte Marks Helfer die Hütte aufgeräumt, abgestaubt, Laken von den Möbeln entfernt und die Räume belebt als hätten sie nicht Jahre lang leer gestanden.

Sandra schaute auf die kleine Küchenzeile, den Kaffeetisch, die zerbeulte, niedrige Couch vor dem Kamin, der wie versprochen mit Holzscheiten gefüllt war. Ihre Augen glitten zu dem Teppich und sie stellte sich vor, wie sie sich um Mark wand und ihm ein paar Dinge beibrachte, während das Licht des Feuers Schatten auf ihre nackte Haut warf.

Er umfasste von hinten ihre Taille und flüsterte in ihr Ohr: „Ich kann deine Gedanken hören. Ich will es auch, Sandra. Aber wenn wir jetzt anfangen, werden wir die Hütte nicht mehr verlassen. Das kann ich dir jetzt schon versprechen."

„Ich möchte tatsächlich ein bisschen Wandern gehen", gab sie zu und drehte sich in seiner Umarmung um, um ihn sanft zu küssen. „Können wir den See anschauen, auch wenn

Schwimmen in den nächsten mindestens fünf Monaten außer Frage steht?"

„Natürlich. Wir können dort picknicken", schlug er mit einem Blick auf die Kühltasche, die sie gepackt hatte, vor. „Es wird kalt sein, aber der Weg dorthin dauert etwa eine Stunde, sodass wir uns etwas aufgewärmt haben werden. Du sagtest, dass du Sandwiches hast?"

Mit ihrem Mittagessen in den Rucksäcken machten sie sich auf den Weg in den Wald, Mark führte sie. Sandra löcherte ihn mit Fragen über die unterschiedlichen Bäume und anderen Dinge, die sie sahen, da sie so gut wie nichts über die Natur wusste. Er erzählte ihr alles, was er über die Unterschiede zwischen den Sprösslingen wusste und immer, wenn sie stehen blieben, um eine interessante Pflanze oder Stein zu betrachten, nahmen sie sich auch die Zeit, um sich mit einem hungrigen Kuss aufzuwärmen.

Ihre Nase lief von der Kälte und ihre Ohren kribbelten unter ihrer Mütze. Rita würde in Grund und Boden versinken, wenn sie wüsste, wie chaotisch sie wahrscheinlich aussah, aber es war Sandra egal. Sie atmete die reichhaltige Waldluft ein und bemerkte plötzlich, dass sie Marks Geruch stark ähnelte. Das gefiel ihr sehr.

Als sie an einem kleinen Abhang hielt, um ihre Schuhsenkel zu binden, rief sie ihn, um ihm zu sagen, dass sie angehalten hatte, doch dabei rutschte sie auf einem Stück verdecktem Moos aus. „Mark", setzte sie wild fuchtelnd an und er drehte sich mit erschrockenem Gesicht zu ihr um. „Mark", japste Sandra, bevor sie das Gleichgewicht vollkommen verlor und zur Seite fiel.

Der Chirurg griff nach ihr, doch sie kugelte bereits durch den Dreck und schrie vor Schmerz auf, als sie seitlich auf dem Boden landete.

Der Anblick von Sandras Fall, auch wenn er bei der flachen Senke absolut keine Todesgefahr darstellte, ließ Marks Mund trocken werden. Er ließ seinen Rucksack fallen und kletterte herunter. „Sandra? Sandra! Sag etwas!"

„Alles in Ordnung", flüsterte sie, als er bei ihr ankam und auf die Knie fiel, wo sie auf dem Boden lag. „Nur mein Bein. Tut weh."

Er machte sich weitaus größere Sorgen um ihren Kopf, da sich bereits eine große Schwellung an ihrer Schläfe abzeichnete. Mark strich ihr Haar zurück und küsste ihre bleiche Wange, dann strich er ihr den Dreck und die Steinchen von der Haut. Er fühlte eine riesige Erleichterung bei dem Blick aus ihren weit offenen Augen, was unlogisch war, denn wie gesagt war die Gefahr minimal. Trotzdem wurden ihm vor Erleichterung darüber, dass sie am Leben und bei Bewusstsein war, fast die Knie weich.

„Bleib ruhig liegen, Liebling", wies er sie an und nutzte automatisch das Kosewort, obwohl selbst ‚Süße' etwas vollkommen Fremdes für ihn war. „Ich habe eine Erste-Hilfe-Ausrüstung in meinem Rucksack."

„Es geht mir gut", sagte sie wieder und versuchte sich aufzusetzen, keuchte jedoch vor Schmerz.

„Lass das lieber", warnte Mark und legte sie wieder hin. „Lass mich dich erst abchecken."

„Ich liebe es, wenn du mich abcheckst", scherzte sie schwach.

Er lächelte und untersuchte zuerst ihren Anblick, bevor er ihre Gliedmaßen und Torso abtastete. „Nicht wie ich meine Hände zum ersten Mal über dich gleiten lassen wollte.", neckte er und küsste Sandra sanft. „Ich bin besorgt, dass du eine Gehirnerschütterung und einem Haarriss in dem Knöchel, auf den du gefallen bist, haben könntest. Wir sollten dich in die Notaufnahme bringen und eine Röntgenaufnahme machen lassen."

Sandra wurde so bleich, dass Mark die Sorge ins Gesicht

geschrieben stand. „Was?", fragte er besorgt, „Tut es plötzlich so sehr weh?"

„Nein...ich...nur...keine Krankenhäuser. Bitte, Mark." Eine Träne rollte ihre Wange herunter. „Ich hasse sie."

„Aber ich arbeite in einem Krankenhaus", sage er verwirrt, dann bemerkte er, dass dies der falsche Augenblick war. Er küsste die Träne weg. „Lass uns erstmal zurück zur Hütte gehen. Dann kann ich dich genauer untersuchen."

„Muss ich dafür die Hose ausziehen?", scherzte sie und griff nach seiner Hand, um sie zu küssen. „Es tut mir so leid, Mark. Ich habe alles verdorben."

„Schhh. Gar nichts ist verdorben. Wenn ich den Knöchel anfasse, wird es allerdings wehtun. Es tut mir leid.", entschuldigte er sich im Voraus, während er den Abhang heraufkletterte, um seine Tasche zu holen. Nachdem er die Erste-Hilfe-Ausrüstung geöffnet hatte, nahm er eine Bandage heraus. Sandra biss sichtbar die Zähne zusammen, während er ihren Knöchel bandagierte, doch beschwerte sich nicht.

„Ich hatte so viel Glück, mit dir zu wandern", presste sie durch die zusammengebissenen Zähne, „aus mehr Gründen als nur diesem."

Er lächelte und befestigte die Bandage. „Ich bin früher mit einer sehr ungeschickten Schwester wandern gegangen. Du hast keine Ahnung, wie oft meine Bandagen und Schienen nützlich waren. Jetzt lass uns dich zurück auf den Weg bringen. Du wirst dich stark auf mich stützen müssen. Dich zu tragen wäre zwar romantisch, aber auch selbstmörderisch. Ich bevorzuge meine Romantik ohne Blutvergießen."

„Ich liebe deinen Humor", seufzte sie.

Es war ein Kampf, doch fest an Mark gekrallt schaffte sie ihren Weg den Hügel hinauf. Er fand einen Ast, der genau lang genug war, um ihr als Krücke zu dienen, und mit seiner Hilfe und vielen Pausen humpelten sie zurück zur Hütte.

Als sie die Bäume hinter sich gelassen und wieder absolut flachen Boden unter den Füßen hatten, nahm Mark sie auf seine Arme. „Ab hier ist Romantik ungefährlich", neckte er und eilte mit ihr in Richtung Hütte. „Ich liebe es übrigens, dich in den Armen zu halten."

Sie kuschelte sich an ihn auf eine Weise, die sein Herz springen ließ. „Ich liebe es, in ihnen zu sein."

Als sie zurück zur Hütte gelangten, setzte Mark sie auf dem Sofa ab, streckte ihr Bein aus und packte Eis in ein Tuch, dann hielt er ein improvisiertes Kühlpack auf ihren Knöchel. Er konnte keine Anzeichen einer Gehirnerschütterung entdecken und obwohl ihr Knöchel geschwollen und blau war, schien er stark verstaucht, jedoch nicht gebrochen zu sein.

„Keine gebrochenen Knochen?", fragte Sandra, „Heißt das, kein Krankenhaus?"

„Du musst eine Röntgenaufnahme machen lassen, wenn wir zurück nach Portsmouth kommen", antwortete er und wickelte sie in eine Decke, während er vor ihr kniete und das Feuer anzündete.

„Aber wenn es besser geworden ist, wenn wir gehen, dann muss ich es vielleicht nicht röntgen lassen?", fragte Sandra hoffnungsvoll.

„Das weiß ich nicht", antwortete Mark, während er das Feuer anfachte. „Du hattest mir nicht von deiner Abneigung gegenüber Krankenhäusern erzählt."

Sie antwortete nicht und er drängte sie nicht, trotz seiner Neugierde. Als die Flammen knisterten, drehte er sich zu Sandra um und sah, dass sie ihn mit traurigen Augen beobachtete.

„Was?", fragte er besorgt und ging zu ihr herüber. „Erzähl es mir."

„Ich habe wirklich alles versaut. Ich habe die Zutaten für ein tolles Abendessen mitgebracht. Und sexy Unterwäsche."

Er grinste und umarmte sie vorsichtig. „Wie wäre es, wenn du mir die Anweisungen in die Küche rufst?", schlug er vor, während er sehr vorsichtig ihren verletzten Knöchel küsste, „und du kannst mir die Unterwäsche beschreiben, damit ich mich aufs nächste Mal freuen kann."

„Wie wäre es, wenn du hier sitzenbleibst und mich eine Weile lang küsst, bis das Feuer uns aufwärmt?", konterte sie, „Und dann Abendessen und Beschreibung."

Als Antwort darauf warf Mark die Sofakissen in alle Richtungen und zog Sandra so, dass sie seitlich auf seinem Schoß saß, das Bein immer noch auf dem Kaffeetisch liegend. „Ihr Wunsch ist dem Doktor Befehl", murmelte er und zog sie in einen langen, genießerischen Kuss, der eine lange Zeit nicht endete.

KAPITEL SIEBEN

Irgendwann trug Mark sie zum Schlafzimmer und ganz der Gentleman, der er war, schlief er selbst auf dem Sofa. Sandra schlief unruhig. Ihr Knöchel schmerzte und ihre Träume waren heiß und verschwitzt, voller Bilder des gutaussehenden Arztes auf der anderen Seite des Flurs.

Als die Morgensonne durch die Vorhänge zu sickern begann, hörte sie ein Klopfen an der Tür und setzte sich mit zusammengebissenen Zähnen auf. „Herein!"

Mark drückte die Tür auf und ein unwiderstehlicher Kaffeeduft füllte sofort den Raum. Er war unrasiert, verstrubbelt und sah so gut aus, dass Sandra sich wünschte, durch den Raum gehen und ihn fest küssen zu können.

„Wie fühlst du dich?", fragte Mark, während er zu ihr herüberging und den Kaffee auf den Nachttisch stellte.

„Als würde ich mir wünschen, du hättest die Nacht mit mir verbracht", jammerte sie.

„Sehr bald", sagte er mit einem Lächeln und küsste sie lang und sanft, bevor er dazu überging, ihren Knöchel zu untersuchen. „Es sieht bereits besser aus", sagte er erfreut.

„Also ist er nicht gebrochen?", fragte Sandra.

„Er ist immer noch zu stark angeschwollen, um das erkennen zu können." Er setzte sich neben sie auf das Bett. „Du bist morgens sogar noch hübscher als ich es mir vorgestellt hatte."

„Ich habe Mundgeruch. In meinen Haaren sind wahrscheinlich immer noch Tannennadeln. Ich habe immer noch Dreck im Ges—"

Er unterbrach sie mit einem hungrigen Kuss. „Ich habe noch nie eine Frau am Morgen gesehen, mal abgesehen von meiner Mutter und meiner Schwester. Und selbst hätte ich eine gesehen, du bist noch schöner als irgendjemand anders sein könnte. Ich bin Chirurg. Ich kenne mich mit dem menschlichen Körper aus. Glaub mir."

Sie hätte in Ohnmacht fallen können von seinen unbeholfenen, ernstgemeinten Komplimenten. „Mark, ist es zu früh, um zu sagen, dass ich mich gerade in dich verliebe?", platze sie heraus, bevor sie sich stoppen konnte.

Er schaute ihr in die Augen, seine eigenen Augen waren plötzlich dunkel und intensiv. „Nein, das geht mir ganz genauso. Ich kenne mich nur wirklich nicht aus, Sandra. Ich wollte dir Frühstück ins Bett bringen, aber ich kann in etwa so gut kochen wie du wahrscheinlich eine Wunde nähen könntest. Ich wollte dir Blumen bringen – Frauen mögen die, oder? – aber sie sind alle gefroren. Also, äh, konnte ich nur das hier machen."

Neugierig entfaltete Sandra das Papier, das er ihr abrupt hinhielt, und als sie die vorsichtig gezeichnete Skizze von Bacon, Eiern und einer dampfenden Tasse Kaffee auf einem Holztisch mit einer einzelnen Rose in einer Vase sah, traten ihr die Tränen in die Augen.

„Was ist?", fragte Mark voller Sorge, „Die Leute mögen normalerweise meine Zeichnungen. Ich habe mein Talent dafür entdeckt, als ich ein chirurgisches Lehrbuch illustriert habe. Ich mag Präzision und –"

Sandra stoppte ihn mit einer festen Umarmung und drückte ihr Gesicht an seine breite Brust. „Ich liebe deine Zeichnungen. Und verdammt, Mark, ich bin nah dran, dich zu lieben. Wie kann das sein nach nur einer Woche?"

Er legte sein Kinn auf ihren Kopf und strich ihr etwas ungeschickt durch die Haare, sodass sie über seine Unschuld lächeln musste. „Ich denke, du und ich machen unsere eigenen Regeln. Wir sind nicht wie andere Leute. Wieso sollten wir dem folgen, was sie für Liebe und Freundschaft vorschreiben?"

„So verliebt", seufzte Sandra, dann zog sie sich zurück und machte Platz im Bett. Sie unterdrückte ein Aufstöhnen wegen ihres Knöchels, damit er sich keine Sorgen machte. „Komm, kuschel mit mir. Bitte? Ich bin auch brav…"

Er errötete. „Sandra, das würde ich gerne. Aber ich habe ehrlich gesagt keine Selbstkontrolle mehr übrig. Du siehst so warm und weich aus. Und du hast deine Unterwäsche erwähnt. Ich werde mich zum Idioten machen. Als ich heute Morgen aufgewacht bin, musste ich mich anstrengen, dich nicht mit Küssen und Küssen aufzuwecken."

Es war so süß, ihren jungfräulichen Freund zu hören, wie er sich ungeschickt dafür entschuldigte, mit einer Latte aufgewacht zu sein und wahrscheinlich zu explodieren, wenn jetzt er auch nur die Hand unter ihr Oberteil gleiten ließe. Sandra verbarg ein Lächeln und ließ Gnade walten.

„Na gut, Hübscher. Dann trag mich zumindest in die Küche, damit ich dich herumkommandieren kann. Ich brauche was zu Essen und wette, dass ich dir erklären kann, wie man ein Ei oder auch drei machen kann. Ich habe einige in der Kühltasche mitgebracht. Ich hatte irgendwie gehofft, uns Frühstück am Morgen danach zu machen."

Mark nahm sie samt Decke hoch und trug sie ins Wohnzimmer. Er legte sie auf das Sofa, welches er dann hinter sich in die Küche zog. Er stellte sicher, dass ihr Fuß sicher hochgelegt war, bevor er eine Pfanne in die Hand nahm und wie ein Schwert schwang.

„Nun gut, edle Maid. Ihr Ritter in glänzendem Kittel wartet auf Ihre Anweisungen."

Sie lachte. "Also gut, eine Eier-Operation führt man normalerweise folgendermaßen durch..."

KAPITEL ACHT

Es gab tatsächlich keinen Sex an dem Wochenende, aber dafür viele Küsse, sobald Mark etwas abgekühlt war, und glücklicherweise stellte sich heraus, dass sie auch nicht ins Krankenhaus mussten, als Sandras Knöchel am Sonntagnachmittag auf dem Heimweg abschwoll.

Trotz der Planänderung hatte sie mehr Spaß dabei, Brettspiele mit Mark zu spielen und darüber zu diskutieren, ob seine chirurgischen Fachbegriffe bei Scrabble zählten, als sie je auf einem Date gehabt hatte. Ihre sieben Monate mit Andrew kamen nicht gegen eine Woche mit der Jungfrau Mark Cartwright an, dachte Sandra, als er sie zu Hause absetzte und versprach, sie am nächsten Tag anzurufen.

Sie legte sich glücklich in die Badewanne und wartete gespannt auf den Anruf, der dann auch um 8 Uhr kam.

„Hi Rita", sagte Sandra, ohne auf das Display geschaut zu haben.

„Bist du gerade erst zurückgekommen?", fragte Rita.

„Nein, ich bin seit dem frühen Nachmittag zurück."

Totenstille auf der anderen Seite der Leitung. „Was ist passiert?", fragte Rita, „Wie hast du es versaut?"

„Na vielen Dank für dein Vertrauen. Wieso denkst du, dass ich es versaut habe?"

„Du bist früh zurück", stellte Rita fest, „Ist das Marks Schuld?"

„Nein, meine", gab Sandra zu.

„Ich wusste es!", sagte Rita triumphierend. „Was hast du getan?"

„Ich bin einen Hügel hinuntergerollt und habe meinen Knöchel verknackst."

„Ist er gebrochen?", fragte Rita besorgt.

„Nein, nur verstaucht. Mark hat ihn geschient. Er hat ihn bandagiert und mir eine Krücke gemacht. Als wir zurück in der Hütte waren, hat er ihn hochgelegt und Eis daraufgelegt. Aber das hat leider alle Aktivitäten im Freien ausgeschlossen.

„Ich wette, es hat auch Gymnastik ausgeschlossen.", riet Rita.

„Sei nicht so forsch, Rita. Wieso denkst du überhaupt, dass Schlafzimmeraktivitäten auf dem Plan standen?", forderte Sandra sie scheinheilig heraus. Es nervte sie, dass Rita das annahm, auch wenn sie es selbst auch angenommen hatte.

„Ach bitte! Ein Paar fährt übers Wochenende in eine abgelegene Hütte? Was solltet ihr denn schon vorhaben? Marshmallows grillen?"

„Wir haben tatsächlich Marshmallows gegrillt. Seine Finger wurden ganz klebrig, als er eins vom Stab gezogen und mir in den Mund geschoben hat, und wir haben uns totgelacht, als das klebrige Zeug in unseren Haaren hing, nachdem er mich geküsst hatte."

„Mega romantisch", neckte Rita.

„Mark wollte, dass ich mich röntgen lasse", gab Sandra zu, „wegen meines Knöchels."

„Hast du ihm von deiner Krankenhaus-Phobie erzählt?"

„Ich habe ihm gesagt, das erzähle ich ihm ein andermal"

„Später wird es nicht einfacher werden", warnte Rita, „früher oder später wird er es wissen müssen. Er ist Chirurg. Das ist eine kleine Hürde für die wahre Liebe, Sandra."

"Ich weiß. Es ist so lächerlich. Es ist mir peinlich."

„Akzeptier es. Du sagtest, er soll alles von dir kennenlernen. Diese alte Phobie ist definitiv ein Teil von dir."

„Ja, Mama." Sandra verdrehte die Augen.

In der Nacht war Sandras Schlaf voller Bilder von Marks schlankem, festem, definiertem Körper. Sie stöhnte, als sie sich seine heißen Küsse vorstellte. Seine Lippen waren überall. Seine Hände liebkosten, kneteten und wanderten zu ihren intimsten Stellen, lernten sie zum ersten Mal kennen. Zum allerersten Mal.

Sie hörte seine Stimme süße Worte flüstern und fühlte seinen heißen Atem auf ihrem Ohr.

Sandra wachte voller brennendem Verlangen auf. Ihre Ohren glühten und ihr Mund war so trocken wie ein Blatt im Herbst.

Mark bekam sogar noch weniger Schlaf als Sandra. Selbst ein drei-Meilen-Lauf und eine kalte Dusche konnten seine Fantasien von Sandra in ihrer schwarzen Unterwäsche, um ihn gewickelt, nicht verbannen.

Ich kann das nicht mehr lange ertragen, dachte Mark, während er sein Haar mit dem Handtuch trocknete. Wie viele kalte Duschen kann ein Körper aushalten?

Als er nach seiner Hose griff, die er trotz der Dusche wie schon in den ganzen letzten Tagen zu eng fand, klingelte sein Telefon. „Hallo", bellte er.

„Na da ist ja einer gut drauf", kommentierte seine Schwester. „Also, kleiner Bruder, heißt das, dass du nicht flachgelegt wurdest?"

„Weißt du, ich bin nicht solch ein schlechter Fang wie du zu denken scheinst!", zischte Mark, „Ich habe vielleicht keine Ahnung von sozialen Sachen, aber manche Leute mögen mich tatsächlich. Angeblich ist Honey halb in mich verliebt."

„Ganz ruhig, kleiner Bruder. Hat die sinnliche Dame dich abgewiesen?"

„Nein, die sinnliche Anwältin ist einen Hügel heruntergefallen und hat damit unsere Wochenend-Aktivitäten ziemlich eingeschränkt."

„Mark, das tut mir wirklich leid", sagte Cindy und ihr ehrlicher Tonfall ließ Mark weich werden, „Geht es ihr gut?"

„Abgesehen von einem verstauchten Knöchel ist alles gut.", antwortete Mark, „Ich habe ihn bandagiert, gekühlt, hochgelegt und sie in ihre Wohnung gebracht mit der Drohung, dass sie geröntgt wird, wenn sie sich nicht schont. Scheint als hätte sie eine Krankenhaus-Phobie."

„Und datet einen Arzt? Das ist ja zu ironisch", kicherte Cindy.

„Ich sehe da nichts Witziges", kommentierte Mark trocken.

„Also, wann trefft ihr euch wieder?"

„Nächstes Wochenende. Gleiche Zeit. Gleicher Ort. Diesmal werde ich allerdings hinter ihr gehen und sicherstellen, dass es keine Sturz-Episoden mehr gibt."

„Das ist ja ein gutes Zeichen. Klingt als wäre diese Anwältin nicht zimperlich."

„Sandra ist zäh", informierte er sie, „Auf dem ganzen Rückweg mit der improvisierten Krücke hat sie kein einziges Mal gejammert – nicht so wie andere Damen, die den gleichen Hügel heruntergefallen sind."

„Ich hatte tierische Schmerzen", verteidigte sich Cindy, „und du warst nicht gerade rücksichtsvoll. Naja egal, kleiner Bruder. Nächstes Wochenende wirst du schon Glück haben."

„Das hoffe ich sehr", seufzte Mark, „ich habe langsam keine Lust mehr auf kalte Duschen und lange Läufe."

„Hast du heiße Träume, Mark?", fragte seine Schwester.

„Du genießt das richtig, oder?", warf er ihr vor.

„Mark, ich bin einfach nur erleichtert, dass du deine Lust entdeckt hast. Ich war kurz davor, die Hoffnung aufzugeben. Willkommen in der menschlichen Rasse."

„Sehr witzig, Cindy", sagte Mark, bevor er auflegte und ihr Lachen in seinem Ohr nachklang.

KAPITEL NEUN

Mark und Sandra sprachen an jedem Tag der Woche kurz mit einander, doch ihre vollen Terminkalender ließen keine Treffen zu. Mark machte der Entzug zu schaffen, er vermisste ihren Geruch, ihr Lächeln, ihr Lachen, das Gefühl davon, wenn sie sich an ihn drückte.

Sandra versicherte Mark, dass es ihrem Knöchel besser ging. Sie schickte ihm Fotos, um zu zeigen, wie sehr die Schwellung zurückgegangen war. Es war gut, ihren heilenden Knöchel zu sehen, doch der Streifen ihres Beins, den die Fotos auch zeigten, heizten Marks nächtliche Fantasien weiter an. Er wollte diese lange, weiche Kurve küssen. Vielleicht sogar leicht seine Zähne daran entlanggleiten lassen, wenn die Leute sowas tatsächlich taten.

Ich bin so notgeil wie ein Teenager! Dachte Mark, der nun wirklich Sorge hatte, dass sein erstes Mal ein Desaster werden könnte, weil er so verdammt heiß auf diese Frau war, obwohl er andere vor ihr so gut wie gar nicht wahrgenommen hatte.

Als der Freitag endlich kam, war Mark noch nie so erleichtert gewesen wie in dem Moment, als er vor Sandras Haus vorfuhr, aus dem Auto sprang, sie in die Arme nahm und in ihrem Kuss spürte, dass sie ihn genauso sehr vermisst hatte.

„Ich habe mich gefragt, ob ich mir nur eingebildet hatte, wie gut das hier ist", flüsterte er in ihre Lippen, „Wie gut wir sind".

„Du hast es dir nicht eingebildet", wisperte sie zurück und küsste ihn so ausgehungert, dass er einen Schritt zurücktreten musste.

„Wir müssen aufhören. Sonst scheuche ich dich entweder nach drinnen in dein Schlafzimmer oder lade dich auf meinen Rücksitz ein."

„Ich habe diese Fantasie über den Teppich vor dem Feuer", gab sie zu, „Kannst du noch ein bisschen durchhalten?"

„Ich merke, deine Träume und meine sind im Einklang", murmelte Mark und strich sich mit der Hand durchs Gesicht.

Auf der Fahrt erzählten sie sich die Neuigkeiten aus ihrer Woche. Es war immer einfach, mit Sandra zu sprechen. Und wenn sie nicht sprachen, genoss Mark die Stille zwischen ihnen, die nun vollkommen entspannt war.

„Was hat deine Schwester zu meinem Ausrutscher gesagt?", fragte Sandra.

„Sie wollte wissen, ob es dir gut geht, und richtete aus, dass sie den gleichen Abhang heruntergefallen ist, als sie zwölf war."

„Irgendwie fühle ich mich dadurch nicht besser."

„Sie wollte auch wissen, wieso ich solch schlechte Laune hatte und sagte mir dann, meine Laune würde sich stark bessern, wenn ich flachgelegt würde."

„Das hat sie gesagt?", rief Sandra.

„Ja, und sie fügte hinzu, dass sie erleichtert ist, dass ich jetzt zur Menschheit gehöre."

„Da musst du dich ja super gefühlt haben. Ich hasse es, dass die Leute zu denken scheinen, dass du ein Roboter bist", murmelte sie.

„Das stört mich nicht", versicherte er, „Das ist ihr Problem, nicht meins. Aber ich bin dafür, dass wir dich von allen Wanderwegen fernhalten, bis ich dich erforscht habe...", seine Augen wanderten zu ihr, „und zwar ausgiebig. Mit chirurgischer Genauigkeit."

„Das sollte eigentlich nicht so sexy klingen", stöhnte sie.

Die restliche Fahrt war voller sexueller Spannung, die nicht verschwand, egal über welches Thema sie sprachen.

In der Hütte angekommen, packte Sandra das Essen aus, während Mark das Feuer entfachte, sie blieben in stiller Übereinstimmung so weit wie möglich voneinander entfernt, bis alles fertig vorbereitet war.

„Nur noch eine Sache, nahm sie sich fest vor, während sie eine Weinflasche öffnete, zwei Weingläser nahm und zurück ins Wohnzimmer ging.

Sie ließ sich neben Mark aufs Sofa fallen und reichte ihm ein Glas. „Es ist gemütlich hier", sagte sie und vergrub ihre nackten Füße im Teppich.

„Okay", sagte sie und nahm einen großen Schluck von ihrem Wein, „Ich denke, es ist an der Zeit, dass ich dir meine Krankenhausgeschichte erzähle. Du wirst wahrscheinlich denken, dass ich irrational bin."

„Die meisten unserer Ängste sind irrational", antwortete Mark, „Das macht sie nicht weniger furchteinflößend."

„Lieb, dass du das sagst", sagte sie und drückte ihm einen kurzen Kuss auf die Wange. „Als ich zehn war, waren meine beste Freundin, Mia, und ich unzertrennbar. Wir gingen zusammen zur Schule, machten den gleichen Sport, trafen uns an Wochenenden. Wir waren immer zusammen. Wir nannten uns die Hardy Girls. Dann wurde Mia krank. Alle sagten mir, es ginge ihr besser. Sie kam immer wieder ins Krankenhaus. Jedes Mal, wenn wir uns sahen, sah sie kleiner und grauer aus."

An Marks Gesichtsausdruck konnte sie erkennen, dass ihre

Gesichte ihn persönlich traf. Wahrscheinlich war sein Vater auf dem gleichen Weg. Doch Sandra blieb nichts anderes übrig als ihre Geschichte zu beenden. Sie nahm seine Hand und drückte sie fest, bevor sie fortfuhr.

„Sie verlor all ihr schönes blondes Haar. Sie konnte nicht mehr Seifenkisten fahren und schwimmen und rennen. Ich besuchte sie häufig im Krankenhaus und las ihr vor und fütterte sie mit Eiswürfeln. Mia schien immer weiter zu schrumpfen. Wir scherzten einmal, dass bald nur noch ihre Stimme übrigbleiben würde. Eines Tages kam ich ins Krankenhaus, um sie mit einem neuen Buch zu überraschen, ihr Zimmer war leer. Sie war einfach...weg. Sie ließ nicht einmal ihre Stimme zurück."

Eine Träne rollte Sandras Wange herunter. Mark wischte sie mit seinem Daumen weg. „Das tut mir leid, Liebes. Ich sehe die Dinge aus der Perspektive des Chirurgen. Manchmal vergesse ich, wie die Dinge aus der Perspektive eines Freundes oder Angehörigen aussehen."

„Ich habe den Ärzten die Schuld gegeben, weil sie sie nicht retten konnten." Sandra drückte seine Hand an ihre Wange und gewann Kraft aus der warmen Berührung. „Ich gab den Krankenschwestern die Schuld dafür, sie verschwinden gelassen zu haben. Und ich gab mir selbst die Schuld dafür, mich nicht genug angestrengt zu haben, Mia vor dem Verschwinden zu bewahren. Ich war eine tief traurige, verwirrte, wütende kleine Zehnjährige. Ich hatte Albträume, dass, weil ich so viel Zeit in Mias Zimmer verbracht hatte, die bösen Kräfte, die sie verschwinden gelassen hatten, kommen und mich als nächstes holen würden."

„Verständlich", sagte Mark, während er ihr ein Taschentuch reichte. „Du warst zehn."

„Und bis zur Operation meines Vaters habe ich nie wieder die Türschwelle eines Krankenhauses überschritten", gab

Sandra zu, putzte sich die Nase und trocknete ihre Augen. „Ehrlich gesagt fühle ich mich in ihrer Nähe unwohl."

Zu ihrer großen Erleichterung machte Mark keine Witze über sie, sondern nahm sie fest in den Arm. „Viele Menschen mögen aus ähnlichen Gründen keine Krankenhäuser. Du bist nicht anormal, Sandra. Es ist in Ordnung. Lass mich dich etwas fragen: Was, wenn ich vor Gerichtssälen, Gefängnissen, Richtern oder Anwälten Angst hätte? Würde das dein Bild von mir verändern?"

„Natürlich nicht!", rief Sandra, „Wieso fragst du das überhaupt?"

„Das ist genau mein Punkt.", antwortete Mark, „Außerdem werden wir eh nicht in einem Krankenhaus-Putzschrank herummachen...obwohl ich einige Fantasien habe, in denen Krankenhausbetten vorkommen", sagte er mit einem Grinsen.

„Und ich habe Fantasien, in denen dieser kuschelige Teppich und ein knisterndes Feuer vorkommen." Die Erkenntnis, dass ihre Angst kein Problem für ihre Beziehung war, raubte Sandra vor Erleichterung fast den Atem.

Mark lehnte sich zu ihr herüber und küsste sie. Es war ein langer, suchender Kuss voller Leidenschaft und Vorahnung. „Lass uns diese Fantasien in die Tat umsetzen, ja?", murmelte er in ihr Ohr und sie legte ihre Arme um seinen Nacken und ließ ihn sie den kurzen Weg bis zum Teppich tragen. Er legte sie vorsichtig ab und folgte ihr sofort, sein Körper hart und hungrig an sie gedrückt.

Langsam zogen sie einander aus und sie sah die Bewunderung in Marks Augen, als er sie zum ersten Mal sah, und wusste, dass ihre Bewunderung in ihren eigenen Augen geschrieben stehen musste. Es war ein anderes erstes Mal für sie, da sie ihm beibrachte, was sie wusste, und dabei zuschaute, wie der Musterschüler die Herausforderung auf jede Art und Weise meisterte, all die Orte küsste, die sie wollte, und die Küsse auf seine Art noch erotischer machte.

Der Mann entfesselte sie komplett und als er endlich in ihr kam, die Augen groß vor Staunen, erhob sich Sandra, um ihn fest zu küssen, und leitete ihn durch das Heben und Senken ihrer beider Hüften.

Wie zu erwarten, dauerte es nicht lange, doch das machte nichts, denn Mark schrie und kam so herzerwärmend, dicht gefolgt von Sandra. Danach lagen sie dicht umschlugen, das Licht des Feuers tanzte auf ihnen, während sie träumten.

„Ich liebe dich", sagte Mark ruhig, während er Sandra die Haare aus dem Gesicht strich. „Ich weiß, dass es zu früh ist, aber das ist mir egal. Das war mehr als ich mir je erträumt hätte und ich habe viel geträumt, Sandra. Du bist mehr als ich mir je erträumt hätte."

Sie drehte sich auf den Rücken, zog ihn halb auf sich und strich mit den Händen über seine feste Brust. „Ich liebe dich auch", murmelte sie, „Es ist viel zu früh und mir ist es auch egal. Du bist der Eine für mich, Mark."

Sein Kuss war so sanft wie die vorherigen heiß und hungrig gewesen waren. Sie lagen vor dem Feuer und tranken Wein, bis sie beide bereit für die nächste Runde waren. Dann trug Mark sie zum Bett, wo Sandra weiter die Vorzüge eines Mannes genoss, der auf Perfektion aus war, einschließlich detaillierter Anweisungen zu folgen und dann mit seinen eigenen Methoden zu experimentieren, um sicher zu gehen, dass sie wieder und wieder kam.

KAPITEL ZEHN

Mark wachte in den frühen Morgenstunden auf und bemerkte, dass Sandra bereits wach neben ihm lag und die Augen auf ihn gerichtet hatte.

„Hey", sagte er lächelnd und streckte den Arm aus, um sie nah an seinen nackten Körper zu ziehen. „Stalkst du mich im Schlaf?"

Sie antwortete mit einem langen Kuss. „Ich liebe es, dich schlafen zu sehen. Ich bin vor etwa 45 Minuten aufgewacht und habe einfach hier gelegen und dich angeschaut und dabei gedacht, dass ich so viel Glück habe, dich einfach wachküssen zu können, wenn ich wollte."

„Wieso hast du es nicht getan?", fragte er neugierig.

„Ich weiß nicht. Es war einfach so friedlich, darüber nachzudenken, vor dir aufzuwachen und zu wissen, dass du immer da sein wirst." Ihr Blick traf den seinen. „Zu früh?"

„Absolut nicht", versprach er und fuhr mit der Hand ihre Seite entlang, bevor er den Kopf beugte und eine ihrer schönen Brüste küsste, an der Spitze saugte und das Stöhnen genoss, das Sandra sofort ausstieß. „Oh Gott, ich liebe dich. Liebe dich. Liebe dich."

Er zog sie auf sich und wollte sie gerade fragen, wie diese Position funktionierte, als das Telefon klingelte. Mark grummelte und ließ den Kopf zurück aufs Kissen fallen. Fast im selben Augenblick klingelte Sandras Handy.

„Cindy."

„Rita."

Sagten sie gleichzeitig.

„Wenn wir nicht drangehen, schicken sie die Polizei", seufzte Mark und küsste Sandra enttäuscht. „Sollen wir rangehen?"

„Mmm", murmelte sie, „Nur, wenn du sofort nach dem Telefonat weitermachst."

„Abgemacht."

Die Handys klingelten und klingelten und das Paar trennte sich, um die Geräte zu suchen.

„Ich war beschäftigt", informierte Mark seine Schwester, als er antwortete.

„Mark." Cindys Stimme war von Tränen erstickt und er versteifte sich sofort. "Mark, es ist – ich – Papa – Mark, er ist gestorben."

Die Beerdigung war eher eine Feier von Hugh Cartwright als eine Zeit des Trauerns, die vielen Menschen, deren Leben der Tierarzt berührt hatte, erzählten Geschichten von ihm, zeigten Videos seiner schüchternen, verspielten Seite, die sich so sehr in seinem Sohn widerspiegelte, Ausschnitte seiner Lieblingsfilme und spielten seine Lieblingslieder im Hintergrund.

Trotzdem sah Sandra Hughs Sohn, den Mann, in den sie sich Hals über Kopf verliebt hatte, bleich und still neben ihr stehen, sein Gesicht verzerrt vor Schmerz, den er nicht richtig ausdrücken konnte.

Sie versuchte keine leeren Plattitüden, denn sie wusste, dass er damit nichts anfangen konnte. Da sie nicht wusste, was sie machen sollte, außer seine Hand festzuhalten und keinesfalls loszulassen, saß sie einfach neben ihm und hoffte, dass ihre Anwesenheit ihm irgendwie guttat.

Als die Zeremonie beendet war und der Friedhof nahezu leer war, versuchte Mark etwas zu sagen, während er auf die frisch aufgeworfene Erde starrte, unter der sein Vater lag.

„Ich vermisse ihn jetzt schon. Zu früh?"

„Nein, Schatz", antwortete Sandra und legte ihre Arme um seine Taille. „Nicht mal ein bisschen."

„Ich sollte dankbar sein, dass er im Schlaf gestorben ist und nicht unglaublich leiden musste. Ich habe so viele solcher Tode bei der Arbeit gesehen. Aber ich bin nicht dankbar. Ich konnte mich nicht verabschieden. Ich weiß nicht einmal, was ich gesagt hätte. Ich bin so schlecht mit Worten. Alles, was ich wirklich kann, ist Leute aufschneiden, Sandra."

„Du kannst noch viel mehr", sagte sie fest, „Dein Vater war stolz auf dich, Mark. Du hast mir erzählt, wie froh er und deine Mutter waren, dass du endlich jemanden gefunden hattest. Ich weiß, dass du das nicht wissenschaftlich finden wirst, aber ich denke, vielleicht hat er noch so lange durchgehalten, bis er wusste, dass es dir gut gehen würde."

Er sagte nichts, starrte einfach zerbrochen und mit leeren Augen weiter auf den Boden

„Mark."

Beide zuckten bei der unerwarteten Stimme zusammen und drehten sich um, wo Chrissy Cartwright wenige Schritte entfernt stand, ihr Gesicht eine Maske der Trauer. Trotzdem war ihre Stimme ruhig, als sie wieder sprach.

„Ich hatte noch gar keine wirkliche Gelegenheit, deine wunderbare Dame kennenzulernen. Bitte fahrt noch nicht zurück. Gib mir ein bisschen Zeit, mein Sohn. Dein Vater hat uns gezeigt, wie wenig Zeit wir alle haben."

Mark nickte. „Ich werde bleiben, Mama. Sandra wird zurück

zur Arbeit müssen, aber ich bleibe die nächsten paar Tage auf jeden Fall hier."

„Ich bleibe", sagte Sandra zögernd, unsicher, ob sie sich aufdrängte, „Wenn du möchtest, natürlich. Ich habe endlich etwas viel wichtigeres als den Gewinn des nächsten Falls gefunden."

„Ja. Bleib." Er nickte wieder und hielt ihre Hand noch fester. „Bitte."

Chrissy lächelte etwas und trocknete sich die feuchten Augen. „48 Jahre und ich zähle immer noch unsere Hochzeitstage, auch jetzt noch, wo er nicht mehr bei uns ist. Wenn du die richtige Person gefunden hast, um gemeinsam durchs Leben zu gehen, dann ist es für immer, mein Sohn. Es gibt keinen Abschied. Nicht in deinem Herzen und deiner Seele. Ich weiß, dass er nur um die Ecke ist und darauf wartet, dass ich eines Tages zu ihm komme. Dein Vater ist so glücklich gestorben. Danke." Obwohl sie normalerweise keine emotionale Frau war, ging sie hinüber und küsste ihrem Sohn die Wange und drückte seine Schulter, dann drehte sie sich zu Sandra. „Willkommen in der Familie."

EPILOG

"Ma!", krähte Baby Hugh erfreut und sang das Wort, das er vor kurzem entdeckt hatte, vor sich hin: "Mamamamamama!"

„Das ist deine Mama", stimmte Mark zu und küsste den blonden Kopf seines Sohns, der Sandras so sehr ähnlich war. „Sie ist im Fernsehen, weil sie Menschen hilft, Sohn. Sie spricht für die, die keine Stimme haben, repräsentiert die, die ansonsten keine Chance auf Gerechtigkeit im Gerichtssaal hätten."

„Mamamamamamama", plapperte Hugh fröhlich, ohne ein Wort dessen verstanden zu haben, was sein Vater gesagt hatte.

„Ich bin so stolz auf sie", fuhr Mark fort, er sprach mit seinem Sohn wie er es immer tat. Keine Babysprache, denn er hatte keine Ahnung, wie sowas funktionierte, doch weder Hugh noch seine Frau schienen damit ein Problem zu haben.

Nach eineinhalb Jahren des Ehelebens, waren die Umstände endlich besser für das Paar geworden. Der plötzliche Tod von Hugh Sr. veränderte alles für sie, den beiden Workaholics wurde bewusst, wie kurz das Leben ist. Ein paar Monate nach der Beerdigung hatte Mark mit dem Ring seiner Großmutter um Sandras Hand gebeten. Einige Monate später heirateten sie in einer einfachen Zeremonie, mit der weder Cindy noch Rita sonderlich glücklich waren, da sie jeglichen Schnickschnack und ‚romantische' Details aussparte, doch ihre Hochzeit in Marufos Garten, zu der Sandra ein zartes weißes Kleid und Wildblumen in den Haaren trug, übertraf alles, was Mark sich erträumt hatte. Da er nie von einer Hochzeit geträumt hatte, war das keine Übertreibung. Und als sie ihm dann sagte, dass sie schwanger war…

Mark lächelte bei der Erinnerung an den Tag und die darauffolgenden Monate, in denen seine wunderschöne Frau rund wurde mit ihrem Kind. Als sie Präklampsie bekam und ins Krankenhaus musste, hatte er sich bei der Arbeit entschuldigt und verbrachte all seine Zeit an ihrer Seite, um ihr mit ihrer Phobie zu helfen, während er auch als Arzt für sie sorgte.

Zuletzt wechselten sie beide zu Jobs, die nicht ihre komplette Zeit und Aufmerksamkeit beanspruchten. Sandra arbeitete nun Pro Bono, wie sie es sich immer erträumt hatte, und Mark wechselte zwischen Ärzte ohne Grenzen und einem lokalen Krankenhaus. Die beiden waren in jeder Beziehung Partner, wenn er also einige Tage oder Wochen lang wegmusste, dann reduzierte Sandra ihre Arbeitsstunden, um bei ihrem Sohn sein zu können. Mark tat das gleiche für sie.

Insgesamt lebte er einen Traum, aus dem er niemals aufwachen wollte.

„Hallo Hübscher."

Mark schaute überrascht über seine Schulter, als Sandra durch die Tür hereinkam in das Heim, das sie gemeinsam aufgebaut hatten und in das er nun so viel lieber heimkam als in das Hotel.

„Hi!" Er stand auf, um sie zu begrüßen, doch sie war bereits auf halbem Weg zu ihm, schoss die Schuhe von sich und ließ sich neben ihm und Hugh aufs Sofa gleiten, der begeistert plapperte und direkt von Marks Arm auf Sandras krabbelte. Sie küsste seine weiche Wange und drehte sich dann, um Mark zu küssen.

„Ich dachte, du würdest erst spät nach Hause kommen", sagte er, hob seine Frau und Sohn auf seinen Schoß und tat dabei so als stöhnte er unter ihrem gemeinsamen Fliegengewicht.

„Ich habe euch beide vermisst", sagte sie schlicht, lehnte ihren Kopf gegen seine Schulter und zog die Nase kraus, als sie sich selbst im Fernsehen erblickte. „Müsst ihr wirklich jedes Interview von mir anschauen?"

„Ja", antwortete Mark, „ich bin stolz auf meine Frau. Habe ich dir das schon gesagt?"

„Nur jeden Tag", sagte sie mit einem Lächeln und legte den Kopf schief, um ihn ansehen zu können, während sie Hugh auf und ab hopsen ließ. „Ich habe Rita gebeten, heute Abend für uns zu babysitten. Ich will dich ein paar Stunden lang ganz für mich allein haben und Hugh liebt sie so sehr, dass wir alle drei etwas davon haben."

„Bin da!", rief Rita aus dem Eingang und Hugh begann zu jubeln, wedelte mit den Armen und rutschte fast vom Schoß seiner Mutter.

Ein paar Minuten später waren die beiden auf dem Weg zu ihrem Lieblingsrestaurant, doch bevor sie in die Straße einbogen, fuhr Mark auf einen Parkplatz und Sandra, die bereits wusste, was Sache war, schnallte sich ab. Sie rutschte herüber in seine Arme und er umarmte sie fest, fuhr mit seinen Fingern durch ihr schönes Haar, denn er wusste, sie würde sich nicht beschweren, dass er die Frisur zerstört hatte.

„Ich liebe dich", flüsterte er in ihre Lippen, während er den Sitz zurückstellte, um mehr Platz zu haben. „Das Abendessen kann ein paar Minuten warten. Jetzt will ich einfach nur dich, Sandra Cartwright."

„Du hast mich, Dr. Cartwright", flüsterte sie zurück, die blauen Augen lächelten in seine, „Du hattest mich bereits gewonnen, als du hallo sagtest."

„Weißt du, ich glaube, ich habe gar nicht hallo gesagt", wurde ihm plötzlich klar, „Manchmal vergesse ich das..."

Lachend unterbrach ihn Sandra mit einem Kuss. „Das ist aus einem Lied. Aber du kannst jetzt hallo sagen, so oft wie du nötig findest, um es wiedergutzumachen."

„Hallo", murmelte Mark zwischen Küssen. „Hallo. Hallo."

Das Beste daran war, dass sie beide, während sie sich umarmten und herummachten wie Teenager, wussten, dass es niemals ein Tschüss geben würde.

ENDE.

Mrs. L. schreibt über kluge, schlaue Frauen und heiße, mächtige Multi-Millionäre, die sich in sie verlieben. Sie hat ihr persönliches Happyend mit ihrem Traum-Ehemann und ihrem süßen 6 Jahre alten Kind gefunden.

Im Moment arbeitet Michelle an dem nächsten Buch dieser Reihe und versucht, dem Internet fern zu bleiben.

„Danke, dass Sie eine unabhängige Autorin unterstützen. Alles was Sie tun, ob Sie eine Rezension schreiben, oder einem Bekannten erzählen, dass Ihnen dieses Buch gefallen hat, hilft mir, meinem Baby neue Windeln zu kaufen.

©Copyright 2021 Michelle L. Verlag - Alle Rechte vorbehalten.
Das Werk, einschließlich aller seiner Teile, ist urheberrechtlich geschützt. Jede Verwertung ist ohne Zustimmung des Verlages und des Autors unzulässig. Dies gilt insbesondere für die elektronische oder sonstige Vervielfältigung. Alle Rechte vorbehalten.
Der Autor behält alle Rechte, die nicht an den Verlag übertragen wurden.

 Erstellt mit Vellum

www.ingramcontent.com/pod-product-compliance
Lightning Source LLC
LaVergne TN
LVHW011738060526
838200LV00051B/3230